불태워진 흔적을 물고 누웠다

작가마을 시인선 44

불태워진 흔적을 물고 누웠다

초판인쇄 | 2022년 2월 20일
초판발행 | 2022년 2월 30일

지 은 이 | 김형효
펴 낸 이 | 배재경
펴 낸 곳 | 도서출판 작가마을
등   록 | 2002년 8월 29일제 2002-000012호
주   소 | 부산광역시 중구 대청로 141번길 15-1 대륙빌딩 301호
         T. 051248-4145, 2598   F. 051248-0723   E. seepoet@hanmail.net

ISBN 979-11-5606-190-8 03810   정가 10,000원

작가마을 시인선 44

불태워진 흔적을 물고 누웠다

김형효 시집

도서출판
작가마을

오랜만이다는 말이 앞선다. 2011년 후 물론 2017년 네
팔에서 네팔어로 된 번역시집을 내기는 했다. 하지만 모국
어로 쓴 시집은 꼭 11년 만이다. 공교롭게도 2011년에도
1월 달이었다.

이제 다시 멈추었던 나의 말길이 열린 기분이다. 나는 말
길을 따라 살고자 한다. 말이 되는 길에 말이 되는 글이 있
고 그 글은 말이 되는 삶 속에서 샘물처럼 솟아나 살아가
는 것이라 믿는다. 그래서 글로 짓는 것이 시고 글로 짓는
시는 말이어야 한다고 믿는다. 문학의 길은 사람의 길에 도
움을 주는 말이 되는 글일 때라고 믿기 때문이다.

나는 시로 말하고자 한다.
그냥 내 어머니 아버지께서 주신 말씀 길을 따라 살고자
했고 또 그 길이 오랜 세월 다져진 한민족의 말이라 믿는다.

그렇게 세상을 바라보며 말하고자 한다.

이웃과 사회와 민족에 대한 말도 하고 싶다. 그런 나의 말이 곧 나의 시다. 그렇게 민족을 사랑하고 통일을 이루며 너나없이 평화롭기를 소망하는 글의 말을 하며 살고자 한다. 그것이 나의 길이다.

모쪼록 힘들고 지친 길에 나의 말로 위로하며 살아갈 수 있기를, 한 사람이라도 더 그런 공감을 넓히며 함께하기를 바랄 뿐이다.

어려운 시기 멈춘 나의 말길을 열어주신 작가마을과 흔쾌히 글을 써준 이은봉, 임영석 선생님에게 고마움을 전한다.

2022년 새해 아침

김 형 효

김형효 시집

작가마을 시인선 44

차례

불태워진 흔적을 물고 누웠다

제2부

김형효 시집

작가마을 시인선 ㊹

차례

불태워진 흔적을 물고 누웠다

불태워진 흔적을
물고 누웠다 김형효 시집 · 작가마을 시인선 44

제1부

길이 있었다

세상이
벽으로 둘러싸인 성처럼
내 발길 가는 곳마다
한 발짝 내딛기도 어려웠다.
그래도 희미한 길 끝에
아스라이 사람이 보여
그 보이는 길을 따라
의문 없이 걸었다.
앞이 막혀 보였지만
그렇게 걸어간 날
세상은 내게 다가와
그대로 길이 되었다.

오늘도 죄인

이 나라에서는 자주 죄인이 된다.
이 나라에서는 자주 거리에 나가야 한다.
이 나라에서는 자주 소리쳐 외쳐야 한다.
사람이 사는 이 나라에서는 죽음이 멈추지 않고
사람이 먼저인 이 나라에서는 주검을 자꾸 보게 되고
사람이 행복한 이 나라에서는 구호만 넘쳐난다.
나는 오늘도 거리로 나가지 못했고
나는 오늘도 소리쳐 외치지 못했고
나는 오늘 그래서 죄인이 되어버렸다.
집에서 직장에서 거리에서 나는 죄인이다.
사람들이 모여드는 곳
사람들이 손잡은 곳
사람들이 촛불을 밝혀든 그곳에 내가 없다.
나는 오늘도 갇혀 울고 있다.

길목에서

세상을 살다 보면
모두가 길목에 서게 된다.
누군가는 맞이하며 반갑고
누군가는 맞으며 버겁다.
누군가는 그저 반갑고
누군가는 그저 불편하기도 해서
길목마다 갈라치는 것이 사람살이
사람의 나이테 따라온 인품도
여기저기 드나들던 인격도
길목마다 드러나게 마련이니
잘난 사람 못난 사람 없이
각양각색 호불호가 있는 것을
누구를 가르치나
자신이 결격 사유로 말하고
누구를 훈계 하나
자신이 들어야 할 소리로 말 하나
그래서 길목에서 천천히 나아갈 길만 보지 말고
그래서 길목에서 지나온 날을 곱씹고 되짚어서
멈칫멈칫 두리번거리듯 우두커니 살펴 가며
길목마다 자신을 가르칠 일이다.

못하지

지금 아니면 못하지.
오늘 아니면 못하지.
사랑도 결심도 모두 다 그렇지.
늙으신 어머니를 따라가듯
지나가는 세월을 따라가기만 하다 보면
이 세상에서 꾸는 모든 꿈들도 그렇게 사라져버리지.
지금 아니면 못하지.
오늘 아니면 못하지.
사랑도 결심도 다 그렇지.
자주를 찾아오지 못해서 떠나 가버린 세월을 바라다보면
이 못난 세월이 꿈처럼 지나온 세월이라는 것을 알게 되지.
지금 아니면 못하지.
오늘 아니면 못하지.
사랑도 결심도 모두 다 그렇지.
다 망가진 것만 같던 팔도강산 흐트러진 조국을 보면
우리가 못나 꿈꾸지 못했던 자주 해방의 불꽃을 보게 되지.
지금 아니면 못하지.
오늘 아니면 못하지.
사랑도 결심도 모두 다 그렇지.
그러니 지금 하자.

그러니 오늘 하자.

사랑도 결심도 모두 다 지금 하자.

사랑도 결심도 모두 다 오늘 하자.

자주해방의 꽃을 들고 삼일 만세 100년의 역사를 다시
돌아보며

남누리, 북누리, 온누리, 우리누리

그렇게 **훨훨** 춤추듯 만세 부르며 통일의 날 안아오자.

그렇게 늙으신 어머니를 부둥켜 안아오자.

생기가 넘치는 어머니 그런 어머니를 함께 보자.

재개발공동체

그래 참 오래전 일이지.
멋모르는 서울 살이
골목길 찾아들어
방 한 칸에 소박함을 즐기던 운치 있던 젊은 날
그 젊음은 참 좋았지.
멋모르던 서울 살이
골목길 돌고 돌았지
방 한 칸이 두 칸 되고 세 칸이 되어도
삶은 운치 있었지.
멋모르던 자본주의에 토사구팽 되기 전이니까?
그러던 어느 날 재개발재개발
등 뒤를 따라붙는 밤 귀신처럼
뛰면 뛸수록 더 빠르게 따라붙는
서울추방명령서
누군가는 삶의 보석 같은 딱지가 붙는 날
고향을 등질 수밖에 없던 이방인은
고향 버린 죄인이라 추궁당하듯 조리돌림 당했지.
도시는 그렇게 조성되어 가지.
재개발공동체 서울은 그렇게 골목길에 정붙인 사람들을
내몰았지.

그러다 쫓기던 사람들 변두리변두리 둘러보며 살지.

그러다 쫓기던 사람들 몇몇은 한강도 건너지 못하고 먼
길 떠났지.

살면 사는 건데 하며 밀리고 밀린 사람들

밀린 안부나 하며 고향을 찾지만, 그 고향도 이제 남의 것

사람들 갈 곳 몰라 술잔에 하소만 깊어가네.

가끔은

입을 다문다.
입을 열고 소리친다.
가끔은 숲속에 뱀처럼 숨는다.
그래도 가끔은
풀 여치가 되어 노래하고 싶은 나는
사람이 보고 싶다.
아무리 둘러보아도
보이지 않는 사람들로 꽉 찬 거리가 슬프다.
그래서 쓰디쓴 커피 잔에 코 박고 진종일 명상에 잠긴
다.
아무런 해답도 없는 명상이 날 다독이고
나는 모르는 척 나를 맡겨놓고 딴청이다.
나무아미타불 도로아미타불
일상이 무심처럼 흘러흘러 어디론가 떠나고 있다.
가끔은 입을 다물고
가끔은 목청껏 소리쳐 부른다.
사람이 보고 싶다고
사람 좀 보고 살자고
그렇게 숲 속에 뱀처럼 숨는다.
그러나 나는 노래하고 싶어

다시 풀 여치가 되어 노래부른다.
그냥 그냥한 노래를......

호미곶에서

거칠고 거칠다.
뭍을 향해 돌진하는 바다의 물보라
흰 거품에 분노가
단 한시도 멈추지 않고
이곳 동해의 얼굴을 할퀴고
그곳 하와이, 그곳 아메리카 해안 곳곳에도
단 한시도 멈추지 않은
흰 거품에 분노가
미국의 심장으로 젖은 물기로 전해질 때까지
바다의 물보라는 멈추지 않을 것이다.
비가 내리고 눈이 오고 맑은 이슬이 내리는 날도
이 물보라는 멈춘 적 없이
흰 거품에 분노를 놓지 못했다.
부러진 등뼈를 부러트린 허리를
언젠가 온전히 회복하는 그날
한 번, 단 한 번의 포효로 답할 날이 오리라.
아, 어리석은 아메리카여!
이제라도 알라.
너희의 끝없는 무력이 너희를 목조를 것이다.
한반도는 한 번도 목적 없이 굴종한 적이 없다.

한반도는 한 번도 무릎을 내준 적이 없다.
한때의 무기력이 너희를 기고만장하게 했던가?
이제 단 한 번의 포효로 답하리라.
신명이 너희를 박살내리라.
한 민족의 곧은 심성이 이제 답이 되리라.
바다에 넘치는 물보라가 답이 되리라.
사시사철 주야장창 소리치는 바다의 물보라가
이제 곧 답하리라.

떠도는 일상

어디로 와서 어디로 가느냐?
나도 묻고 너도 묻고
사람과 사람으로 살아가는 인연들이
이 곳, 저 곳, 곳곳에서 물끄러미 바라보며 묻고 있네.
나는 아무 말 못하고
그걸 왜 묻소!
그걸 왜 묻는 거요.
속으로 중얼거리며
또 다른 중얼거림으로 그들을 바라보고 있네.
온데로 가지, 어디로 간다고
온데로 가지, 어디로 간다고
아니 갈데 없는 것이 사람인데 대체 어디로 간다고
묻고 또 물어오면 날 더러 어쩌라고
나는 항상 온데로 가오.
어제도 그랬고 오늘도 그렇고
나는 항상 온데로 가고 있소.
그렇게 나는 항상 그대들이 묻는 곳에서
그대들이 있는 곳으로 가고 있고
그대들과 함께 가고 있고
오늘도 내일도 사람이 가는 길

오늘도 내일도 사람이면 가야할 길
그 길에서 그 길로 가고 또 가리다.
나는 그대의 질문에 처음부터 끝까지
날이면 날마다 그렇게 가고 있소.

담배꽁초

한 사람을 보고 싶어 찾았다.
그 집에서 오래된 LP판으로 흘러나오는
매우 편안한 오래된 팝송을 들으며
보고 싶었던 사람의 따뜻함을 본다.
한 잔의 차를 마시고 앉았다.
오랜만에 느끼는 따뜻한 쉼
발아래 담배꽁초 누군가의 근심이
오래도록 불태워진 흔적을 물고 누웠다.
나의 근심보다 짠하게 드러누운 근심이
남은 안간힘으로 바닥을 붙들고 누워있는가 싶다.
담배꽁초 하나에 갇힌 수많은 근심들
바닥에 흩어진 근심들이 여전히
그 근심을 붙들고 있나보다
순간 나도 들킨 듯 눈가에 맺히는 이슬은 누구의 것인
가?
하나의 담배꽁초에도 눈물이 맺혀 보이는데
산 사람이야 말해 무엇해.
사람이야 말해 무엇하랴.

세상이 어떤 세상인데

어제나 오늘이나 아무렇지 않아
그래 참 세상은 그렇게 아무렇지 않아
어제의 달력 한 장 넘기는 것
오늘의 달력 한 장 넘기는 것 참 쉬운 일이잖아

가난한 서민의 속절없는 주검이 발견되고
할 말 할 곳 못 찾아 견디다 못한 주검도 늘어가지만
우리는 어제나 오늘 아무렇지 않아
스마트폰 속에서 주검은 아무렇지도 않게 다른 페이지
로 넘어만 가지.

세상이 어떤 세상인데
21세기에 있을 수나 있는 일이야
아니 사람들의 입버릇 속에 살아있는 언론이 있는데 대
체 어떤 짓을 할 수가 있어
요즘 세상이 어떤 세상인데

요즘 세상이 어떤 세상인지 나는 모르겠다.
두 눈 부릅뜨고 보니 동토의 땅에 햇빛이 들어 민주주의
를 외치고

우리네 사방은 얼음장처럼 차갑게 숱한 자만과 오만으로 가득한 민주로
그래서 민주주의는 썩은 송장이 되어 우리를 비웃고 있다.

동네 불구경보다도 더 흥미 없는 아우성이
불법에 대한 소리 있는 아우성이 된 것이 하루 이틀 삼일이 아니다.
1년, 2년, 3년이라해도 불꺼진 창을 바라보다 밤이 저물 듯 지나치는 무관심
거짓과 위선과 불법이 대낮을 누벼도 모두가 허허실실 아무렇지 않아

그래 대체 요즘 세상이 어떤 세상인데
거짓말만 보면서 거짓말에 길들여지면서
하루 이틀 사흘의 무사함이 1년, 2년, 3년 그렇게 평생의 무사함으로
대체 요즘 세상은 어떤 세상인가?

나는 알지 못해 아프다.
세상은 그렇게 다 아는 것 같은데

나만 몰라 아프다.

세상 사람은 다 아는 듯한데 나는 모르겠다.

대체 요즘 세상에 내란음모, 간첩조작, 온갖 의문사, 온갖 의문투성이

지능범죄자, 지능범죄집단이 아니라, 공권력이 그런 일을 하는데 나는 모르겠다.

대체 요즘 세상에 나는 모르겠다.

생각하는 동물의 고뇌

자다 깨면 더 깊은 잠이 그립던 내가
날이면 날마다 자다 깨면 말짱말짱 잠못 이루네.

500일이 지난 물 안에 사람들,
500일이 지난 물 밖에 벌 받는 사람들,
어디로 가라고 나라가 다가가 죽이고
어디로 가라고 나라가 나서서 외면하는가?

자다 깨면 날마다 말짱말짱 잠못 이루는
날이면 날마다 깊어지는 한숨이 물 밖과 물 안을 잇네.

사라지는 것이 인간이라면
살아가는 것도 인간이건만
아이들도 어른들도
아버지도 어머니도 아들도 딸도
사라지지 않는 슬픔과 살아가지 못하는 슬픔에
하루하루 연명하는 일상을 사네.

용서할 수 없는 인간들이
용서하라 먼저 들고 일어서고

용서해선 안될 사람들이
용서하자 먼저 말하는 세상이라면
그런 세상이 바로 생지옥이라네.

우리가 사는 세상을 위해
아이들이 살아온 세상을 위해
그들이 눈 맑히고 바라보던 하늘 아래 세상
우리가 눈 맑히고 바라보며 살아갈 지상에
개벽이 우리 안에 도화선에 불 밝히는 일이라고
자다 깨어 말짱말짱한 정신으로 중얼거리네.

그것이 세상을 살아갈 최소한의 희망이라고
또다시 말짱말짱해진 정신으로 중얼거리네.
이러다 내 손에 한 자루 총이 쥐어진다면
내가 총알이 되어
용서할 수 없는 자들의 심장을 향해 날아가겠네.
그것이 유일한 희망 그리고 소망.

봄이 두렵다.

봄아

봄아 동트는 겨울 곁에서 남몰래 와다오.

봄아

봄아 언제부터인지 사랑스럽고 따스한 네가 무서워졌다.

봄아

봄아 아무도 모르게 와서 소리 없이 물러가다오.

봄아

봄아 어느 날 내게 두려움이 된 봄아

봄아 봄아 내 아버지 내 어머니 곁을 그냥 몰래 지나가다오.

봄아 봄아 내 부모님 곁을 뜨거운 여름날로 스쳐 가다오.

．

．

．

어느 날부터 나이를 느낀다.

눈이 녹는 새봄에 세월을 돌아보시는 어르신들은 그 길로 길을 내시고 우리 곁을 떠나시더라. 사실은 내 아버지 내 어머니께서 얼마 전부터 편찮으셔서 병원에 계신다. 그래 혹시라도 그 봄이 올까 두렵다. 불효자식은 강 건너 불 보듯 쳐다 못 보며 삶에 부동자세로 갇혀있고 가끔은 속없이 웃고 있고 가끔은 슬프다. 오늘은 얼마 안 된 직장에서 회식이 있었다. 한 사람이 20여회 직장을 옮겼다면서 호기로운 자신의 인생 경험을 이야기하더라. 그 말을 들으며 500번 넘게 직장을 옮기고 올해만 두 번째 새 직장에 다니는 나는 미쳤구나? 홀로 웃다가 세상이 날 너무 거칠게 가르친다 속절 없이 한탄한다. 내일 아니면 다음 주중에는 꼭 엄마. 아부지 보러 갈 거다. 오늘도 퇴근 그리고 회식 마치고 9시 20분 도착해서 네팔만두 만들고 지금 쉬려한다. 멈추지 않는 팽이처럼 나는 살아있고 살고 있다. 엄마. 아부지 건강하소서. 보고 싶어도 편히 못 가보는 자식을 용서하지 마세요.

불태워진 흔적을
물고 누웠다_____ 김형효 시집 • 작가마을 시인선 44

제2부

한 번은 오겠지

마른 눈물도 얼어서 흘러내릴 것 같은 날
한 방울 슬픔이 내 삶을 다 담아내는 날
봄이 와 꽃으로 내게 안길 세월이 한 번은 오겠지.
그래 저 찬 바람 속에 열망을 품은 사랑이 있으니
한 번은 그런 세월이 있겠지.
언 땅처럼 가슴 시린 사연으로 멍든 동해에서 서해
한 번은 뜨겁고 찬란히 꽃대궁 흔들어볼 춤추는 한반도
그런 날 한 번은 보게도 되겠지.

한반도가 오고 있다

제2차 북미정상회담을 축하하며
멀고 먼 길을 돌고 돌아온 역사의 시간처럼
길게 늘어선 선로를 따라 의연하게
녹색의 궤적을 만들며
고구려가 온다.
조선이 온다.
고려가 온다.
고조선이 온다.
발해가 온다.
장엄한 역사의 뒤안길에서 웅크린 듯
침묵처럼 곧게 산 오랜 역사의 세월
고구려가 걷고 있다.
고려가 걷고 있다.
고조선이 걷고 있다.
발해가 걷고 있다.

그 누구도 거칠 것 없는 한 걸음 한 걸음
고구려의 당당한 기상 앞에
고려, 고조선, 발해의 기상 앞에
틈 없이 불어오는 바람도 길을 비켜서고 있다.

핵보다 무서운 민족의 단일대오 앞에
추풍낙엽처럼 스러져가는 제국의 깃발들
나른한 봄날의 한나절 꿈처럼
새로운 역사의 길이 탄탄대로 펼쳐지고 있다.
그렇게 봄꽃이 된 한반도가 오고 있다.
그렇게 봄꽃으로 화살처럼 걷고 있다.
성큼성큼 그러나 당당하고 당당하게 걷고 있다.
그렇게 한반도가 꽃이 되어 찬란하게 빛나고 있다.

지금 이대로

– 남북정상회담에 부쳐

오고 있다.

홍익인간의 뜻을 품고 걷고 있다.

너도 걷고 나도 걷고 그렇게 손잡고 걷고 있다.

천 년 전, 이천 년 전, 그렇게

너도나도 삼천리 방방곡곡 수수만년

오래된 역사의 곡절을 품은 길을 단단히 한 걸음 한 걸음 걷고 있다.

그렇게 걷고 걸어오고 있다.

진달래꽃 피는 산천을, 동백꽃 피고 지는 제주 한라에서부터 오고 있다.

복숭아꽃, 살구꽃 피는 북녘 들판을 가로질러 해 솟는 백두에서부터 오고 있다.

하나로 가는 나라로 가는 길에 만발한 꽃대궁이 더욱 힘차게 솟아오고 있다.

오고 있다.

바다에서부터 불어오는 산뜻한 향기를 품은 봄바람이

땅 끝에 품은 온기 가득한 봄바람이 불어오고 있다.

장엄한 시간이다.

너의 시간도 나의 시간도

지금 이 시간 숨 쉬는 모든 생명에 축복의 시간이 오고 있다.

선 하 나 그어 놓고
여기까지 거기까지
벌레도 넘고 바람도 넘던 곳이다.
물고기도 동물도 오가던 곳이다.
이제 너도나도
사람만 넘지 못하던 그 길을
서로 웃으며 넘자꾸나.
아리랑 고개보다 버겁던 수많은 세월의 곡절
이 향긋한 봄바람에 사랑스럽게 날려 보내고
이제 우리 지금 이대로 손 맞잡고 걷자꾸나.
이것은 지금, 이것은 현실
남과 북이 하나 되고 사람과 사람이 하나 되는 날
지금 이대로 지금 이대로 그렇게 그렇게
삼천리 방방곡곡에서 평화의 춤을, 통일의 춤을
그래 지금 이대로 좋은 세상을 살자꾸나.

또 하나의 해

– 통일의 날

아침이 일어섰다.
어제의 아픔과 어제의 그늘을
덮어 두려는 것이 아니다.
해가 떠올랐다.

어제의 아픔과 어제의 그늘에
새 빛을 내리기 위해 떠올랐다.
그렇게 아침이 밝아오는 것이다.
사람들은 그때 일어선다.

잊어버리라.
잊을 수 있는 것은 없다.
해가 뜨고 지는 세월 동안
기억하라.

어제의 해가 지고
다시 오늘의 해가 떠올랐다.
오늘의 해가 떠올라
어제의 내가 밝아지는 날이다.

사람들의 머리 위로
사람들의 기억 속에
눈을 밝히고 귀를 밝히고
뜨고 지는 해를 본다.

날마다 밝아지는 해를 찾아
사람은 오늘도 내일도
매일매일 일어선다.
아침은 그런 것이다.

일어서는 사람을 따라
해가 떠오른다.
떠오른 해를 따라
사람이 밝아지는 것이다.

새날이 밝아올 때
세상도 일어서고 사람도 일어선다.
일어서는 곳을 따라 새해가 밝아온다.

냉면을 먹으며 품은 희망

− 판문점 정상회담 후

냉면 맛은 평양옥류관이라는데
나는 어느새 가보지도 못한 평양이 그립네.
신기한 일인 것이 판문점 정상회담 후라
사람이란 경험한 세월을 그리워하는 것인데
나는 어찌 가보지도 못했고 먹어보지도 못한
평양이 그립고 옥류관 냉면이 그리운가?
작가 이하 선생은 판문점정상회담 후
도널드 트럼프 씨가 냉면 먹는 작품을 선보였네.
그 그림을 보며 생각하네.
북미정상회담 전에 도널드 트럼프 씨 냉면체험 좀 해봤
으면,
판문점정상회담 후 나는 요즘 매일 점심으로 냉면을 먹
는다네.
그리고 나는 통쾌함으로 홀로 웃네.
도널드 트럼프 씨 반드시 냉면 맛 좀 보라고
나는 그가 가늘고 가는 면발의 힘을 인정하리라 믿기 때
문이네.
멀리서 바라보는 뉴스의 세계 속에 도널드 트럼프 씨
거만과 오만으로 가득한 모습을 본 나는
고구려 사람의 기상을 지닌 북녘지도자에 대해 겸손하
기를 바라네.

가늘고 가는 면발을 함부로 씹어대다
잇몸사이에 주렁주렁 끼게 되면
제국의 체통도 없이 주저앉고 말 것이라 믿으며
가늘고 가는 냉면에 주눅든 그를 상상하네.
세상 그 어떤 것도 만만한 게 없다고
거만하고 오만한 독선의 제국이
70년 봉쇄 속에 굳건했던 북부조국의
당찬 기상앞에 함부로 설치지 말기를
그러다가 한 민족의 신명이 힘을 합치면
제국이 옴짝달싹 못하고
우왕좌왕 헤매대는 모습을 보게 되리라고,
가는 냉면조차 차가운 얼음 품고 쫄깃쫄깃
제국의 지도자가 씹어대도 잇몸 사이사이
포승줄로 변하여 이빨을 뽑아버릴 것이니라,
만만히 보지 말라!
아메리카도 합중국도 왜놈도
새날 백의의 기상이 하나된 날 보리라.
나는 그날 평양으로 달려가 옥류관 아니어도 좋은
북부조국의 어머니, 할머니, 누이 누구라도 좋은
조국의 땅이 길러낸 냉면을 씹으며
70년 세월 설움들 모조리 달고 달게 씹어 삼키리.

가만히

가만히
그냥
그대로
거기
그날이 오면 모두가 춤을 추리
통일이 오고 평화가 오리
남 누리 북 누리
여기저기 다 우리 누리
가만히
그냥
그대로
여기, 거기, 저기, 다

통일

하나 되자고 하면서도
이유가 많아지면 안 되지
하나 되자면 그러면 안 되는 거지
많은 이유들 하나 둘 흉보듯 멀리해야지
그렇게 멀리하다가 그 이유들 모두 사라질 때
너도 나도 긴말 없이 하나 되는 거지
하나 되자고 하면은
이것은 되고 그것은 안 되고
저것은 되고 이것은 안 되고
그런 셈법은 버려야지
하나, 둘 셈을 하듯 헤아리는 것이 아니라
이거 해보자.
그거 해보자.
저거 해보자.
시간이 걸리고 서투른 몸짓이 익숙할 때까지
그래 이거 그거 저거 해보자는 것이 통일이지.
간단간단 그렇게 가다 보면 길이 보일 테지.
간단간단 그렇게 가다 보면 되는 것이지.

이러면 되는 것이지
- 제2차 판문점 남북정상회담을 경축하며

이렇게 가면 되는 거지
그냥 그냥 오고 가고
새로운 역사의 출발 판문점에서
자주통일 평화번영 세계평화의 길로
그러면 되는 것이지.

한이 서린 분단선
꽁꽁 얼었던 민족의 얼이
봄날의 대지에 햇빛을 보면
꽃이 되어 피는 것이지
그렇게 꽃이 피고 꽃이 피면
벌 나비도 배부르고
비무장지대 꽃대가
자주통일 평화번영의 튼튼한 열매 맺겠지
삼천리금수강산에 온 겨레 행복의 열매가 풍성하겠지.

오늘처럼 방방곡곡 활짝 웃는 우리 민족 설레는 마음
내일도 모레도 이렇게 오래도록 오고 가고
그러다보면 오는 것이지
자주통일도 평화번영도 세계평화도 하나 된 겨레의 소

망도

그래 이러면 되는 것이지
수령 주석 국방위원장 국무위원장 따라 북녘 동포도
대통령 통일장관 따라 남녘 동포도
핏줄로 하나 된 민족의 얼굴로
하나 된 민족의 사명으로
산지사방, 지상의 그 모든 빛보다 찬란한 생명으로
그렇게 오며 가며 이렇게 오고 가면 되는 것이지.

백두산 천지

눈을 뜨라.
천지에 선 민족의 미래를 보라.
두 정상의 맞잡은 손의 역사를 보라.
믿을 수 없는 놀라움에 가만히 보고 또 봐도
그래 눈을 감고 다시 떠도 여전히 그대로구나.
천지처럼 열린 역사의 문을 향해 걷자.
하늘도 땅도 이 맑은 세상을 밝히고 있구나.
눈을 뜨고 심장의 박동을 들으라.
역사를 맥박치고 타오르는 혼불을 밝히자.
하나 또 하나 그렇게 천지를 열었구나.

엄마의 봄 그리고

그리고 통일이 오것지야.

그래 그래야 쓴디.

어쩌끄나. 그리 되것지야.

오매 살다봉께 이런 시상이 와분다야.

오메 오메 얼마나 좋냐.

인쟈 느그덜 사는 세상 걱정 없어야.

그냥 다투지 말고

그냥 급허게도 말고

착실허게 사람 공갱험서 살면 쓴다.

긍께 인쟈 진짜로 정말로 걱정 없어야.

오메 존거. 오메 존거.

참말로 잔치를 벌려야 쓰것다.

참, 잘 왔다.

그래 참, 잘 왔어야.

올해는 봄이 북녘에서 왔어야.

참, 좋다.

– 4월 27일 정상회담을 축하하고 기념하면서 –

4월 27일이 오네

오네.
어디서부터 오고 있었던가?
하늘이 열리던 그 날부터 오고 있었던가?
4월 27일이 오고 있네.
땅이 푸르러지는 4월의 대지에 꽃
거기 오래고 오래된 단군 할아버지가 오고 계시네.
거기 오래고 오래된 환웅녀가 오고 계시네.
오네.
나 태어난 1965년의 해와 달
나의 어머니, 아버지, 나의 할머니, 할아버지가 오고 계시네.
한반도에서 살고 간 모든 생명이 영혼의 울림을 품고
한반도에서 죽어 간 모든 주검이 영혼의 울림을 품고
4월 27일이 오네.
오네.
울고울고 또 울고 모든 슬픔은 다 울고 난 한반도
웃고웃고 또 웃고 모든 기쁨을 다 웃고 갈 한반도
이제 오고 있네.
4월 27일이 오네.
오네.

민족 그리고 평화 그리고 하나로 손잡고 갈 한반도
통일 그리고 번영 그리고 하나로 영원을 갈 한반도
이제 오고 있네.
4월 27일이 오네.
오네.
분단의 상징인 군사분계선을 밟고
남북이 공동번영을 선언할 그 날이 오고 있네.
이제 희망만 말하세.
이제 우리 민족의 공생만을 말하세.
오고 있네.
그런 날이 오고 있네.
6.15 공동선언, 그리고 10.4 공동선언
이제 4월 27일 평화의 집에서 세계에 고하리라.
이 봄이 한창인 대지에 깊이 뿌리내릴 한반도 통일의 미
래를 보리라.

통일이 절로 오나

통일은 절로 오지 않는 것이어
통일은 절대로 절로 오지 않아
통일을 원하거든 손이 부르트게 두드려 패야해
미제국이 단단히 묶어 놓은 철망을 끊어 내야제.
밤낮으로 두드려 패고 끊어 내야제.
지랄 같다고 고래고래 소리쳐야제.
하루 해가 가고 달 뜨고 지도록
 아니제 아니어 한 달, 두 달 아니 석삼년 아니 수십년 그
렇게 해온 사람도 있어 그래 그 뒤를 촘촘히 이어 가야해.
어째 저 대통령 얼굴만 쳐다보면 온당가 아니제 아니어
우리가 끌텅을 뽑아버리게 저 미 제국주의 무리를 쫓아내
기 전에는 없네. 없어. 통일은 없당게. 한 두번 아니 칠십
년 속았으면 알일이제. 저것들 수작으로는 안오네. 그저
들불처럼 우리가 바닥을 다 뒤집어 엎어부러야 온다네.
그럴 것이네. 어서 한 손, 두 손 여럿이 수작해서 다 엎어
부러야하네. 선거 몇십번 해서 온당가. 웃기네 진보적 정
당 웃기네. 진보면 진보지 무슨 진보적은 또 뭣이랑가. 다
뒈질마음 먹고 엎어부러야 허네. 그래야만 올것이어.

통일된 마음

그냥 가는 것이다.
가끔은 아무런 할 말 없는 나그네가 되어
멋모르고 불어오는 북풍한설도 매맞으며
그렇게 그냥 걷는 것이다.
뜻이 맞는 사람과 함께 간다면
아무 말없이 그냥 가는 것이다.
그렇게 가더라도 다 이루는 것이다.
너와 나 없이 맺은 결심 하나라면
그렇게 가더라도 이기는 것이다.
너나 없이 그렇게 이기는 것이다.
마음 하나면 되는 것이다.

그것이 되겠어라는 사람들에게

한 사람이 말하고 두 사람이 말하고
한 사람이 외치고
두 사람이 외치고
그렇게 허구 헌 날 말하고
그렇게 허구 헌 날 외치고
한 무리가 말하고
한 무리가 외치고
그렇게 이곳, 저곳
가는 곳마다
한 사람이 두 사람이
허구 헌 날 말하고
허구 헌 날 외치면
그것이 현실이라
통일된 나라,
우리는 하나
날마다 날마다
그렇게 그렇게 말하고
그렇게 그렇게 외친다면
그렇게 그렇게 산다면
그렇게 허구 헌 날을 산다면

그냥 우리 세상
통일된 나라,
우리는 하나
그런 세상이 오리라

통일이 지나간다

허허 저 잘난 사람들
완장을 차고 기고만장하네.
허허 저 못난 사람들
완장에다 통일이라 새겨놓고
너냐 나냐 분열에 날밤을 새는구나
허허 허허 저러니 될까
허허 허허 저러면 아니 되지.
통일을 원하거든 입을 다물자고
통일하려거든 말도 아끼자고
입 벌리고 말만 소비해온 70년 세월
바람처럼 지나가고 있네.
빈 들판에 아지랑이처럼
거기 지나고 지나가고 있네.
통일이 스쳐 지나가고 있어
저 잘난 체 사이로
저 못난 사람 사람들 가랑이 사이로
허허 허허 너냐 나냐 아우성치는
입 벌린 틈새로 통일이 새어나가고 없네.
허허 허허 너냐 나냐 말고
이 땅에 이 문단에서 저 문단 사이에서

먼저 이루시게.

통일이 거기 있네.

삼팔선이 삼천리통일공화국을 뒤덮었듯

통일도 삼천리통일공화국을 가득 채우고 있네.

그런 그런 너와 내가 하나 될 때

그때야 통일이 올 것이네.

아니 그때 이미 우리 사는 세상이 통일세상일세.

워싱턴에는 열쇠가 없다

젊은 사람들이 다 늙어가지고
젊은이들이 노인이 되어서
세상탓이야
어려서부터 중간만 가라
나서지 말고 중간만 가라
그래서 병들고 병들어
젊음은 다 사라져버린
한반도 남녘의 불쌍한 청춘들
모두 다 어쩌라고 어쩌라고
어쩔 수 없잖아 어쩔 수 없잖아
그렇게 세월은 무심히 흐르고 흘러
지금

일제시대 후
노세 노세 젊어서 노세
조선놈들은 안된다고 우리 입으로 말하며 살아온 세월
어긋난 해방 이후에는
다 미국 덕분이라고 하고 살더니
이제는 미국이 하라는데 어떻게 하냐고
자주파도 민족주의자도 그냥 그냥 살살 살자고

우리가 어쩔 수 없잖아 미국이 가만 안 있을 텐데
그렇게 세월만 허송하며 지내온 세월 어언 70년
지금

한국 사람인지 남한 사람인지 이제 우리는
30년, 40년, 50년, 60년 오래살면 산대로
그저 속아온 세월이 길고 길뿐, 배움이라는 것이 없다.
70년 유엔의 제재라는 뉴스는 절로 암기되어
우리 뇌구조 속에 똬리를 틀었다.

워싱턴에는 열쇠가 없다.

가자. 평화와 통일의 길로

우리에게는 6.15 남북공동선언이 있다.
우리에게는 10.4 남북공동선언이 있다.
우리에게는 판문점선언이 있다.
우리에게는 제2차 판문점 남북정상회담이 있었다.
김정은, 문재인 두 지도자는 손을 맞잡고 분단선을 지워
버렸다.
찰나의 순간이었다.
판문점 공동경비구역의 보이지 않는 세계최고무력 유엔
사는
오로지 손을 맞잡았을 뿐인
김정은 국방위원장과 문재인 대통령에 의해
인류역사상 그 어떤 무력보다 더 강력한
맞잡은 손에 힘으로 초토화되어 버렸다.
우리에게는 손보다 더 강력한 백의의 심장이 있다.
보라!
하루, 이틀, 사흘!
오리라!
우리의 뜨거운 심장으로 서로 품는 그날이 오리라.

제3부

4월 16일 멈춤에 대해

웃음이 넘치던 봄날
꽃망울이 막 터져오던 아름답던 그 날
2014년 4월 16일 그날은
맑은 눈망울이 찬란하던 삶을 기약하듯
모든 것이 가능한 세월이었다.
너는 그랬고 너희들은 그랬다.
4월의 빛처럼 대지가 싹을 틔우고
4월의 바람은 희망을 불어왔지.

그러던 어느 날, 그날 우리들의 걸음은 멈추었다.
그날 너와 나 우리들은 숨을 멈추었다.
그날 이후 그 물속에 이야기가 산다.
너는 너대로 떠났고
나는 나대로 떠나 멀기만 하구나.
하지만 너희들 304인의 영혼은
오늘도 물살을 가르며 눈물을 씻고 있어
저 멀리 서해바다에서 동해 바다, 남해 바다
저 시리고 시린 북해 바다까지 얼음이 되어 얼었고 물살
에 씻겨 거품을 물고
이 가슴 시리게 찬란한 봄날을 거슬러온다.

〉

그렇게 너와 나 우리들의 모든 것이 멈추어버렸구나.
너는 너대로 떠났고
나는 나대로 떠나 멀기만 하지.
그러나 너는 내 곁에서 여전히 찬란한 2014년 4월 16일
그 봄날로 살아온다.
한해 가고 또 한 해가 가고 오지만 여전히 살아있는 봄
으로 오고 있구나.
지금 304인의 304일은 지구를 몇 바퀴쯤 돌고 돌았을
까?
이제 천일을 지나고도 또 지나 흘러간 바람에 자국을 본
다.
그렇게 얼굴을 감싸고 지낸 지도 천일이 지나고 또 지났
는데
너와 나 그리고 우리들에게 남은 이야기들 여전히
끝없어 맺지 못하고 서해바다 출렁이고 있구나.

이미 멈추어버린 그날이건만 세상은 야박하게도
이제 그만하라하고 이제 그만하라 하는구나.
제발, 일어나 한 걸음만

제발, 일어나 한 소리만

그래 제발, 일어나 한 번만 울게 하라.

누가 이 세상과 함께 크게 울라고 한 번만 말해준다면

너희들의 이야기가 다시 살 수 있을 텐데

이 봄에 멈췄던 소리, 웃음, 짜증도 함께 꽃이 되어 필 텐데

이제 물속을 걸어오는 너희들이

물속 속삭임으로 다가오는 너희들이

이 세상을 깨우고 오는 3년에 기나긴 멈춤은

소리 없는 바람과 하늘의 눈과 귀

해와 달과 별을 바라보며 끝낼 수 있을 텐데

304인의 봄

왔어요. 왔어요.

물속 세상에서 왔어요.

내가 낳고 자란 지상에 왔어요.

어머니의 나라가 된

아버지의 나라가 된

나의 고국이 되어버린 지상에 왔어요.

봄도 함께 왔어요.

봄과 함께 왔어요.

우리들의 봄날을 살았던 그 날은 순간인 듯 찰나인 듯

벌써 1072일이래요.

이제 내 나라인 듯 물속에서 보낸

세 차례의 사계절은 멀고 먼 옛날로 억겁의 세월처럼 가고

어머니의 통곡소리 파도에 실려 울어오던 날

우리도 함께 거친 파도가 되어 울었어요.

오늘은 지치고 지쳐

봄비로 울어요.

그렇게 지상을 찾아왔어요.

지상의 사람들에 인사하듯 우리가 봄비로 왔어요.

이제 곧 우리들의 눈물로 피는 꽃들이 산지사방에 필 거
에요.

왔어요. 왔어요.

봄비로 왔어요.

우리들 304인의 고국에 봄도 함께 왔어요.

4월에

밤이 운다.
주룩주룩 길고 긴 눈물이
하늘 끝 어디로 가닿은 것일까?
어제도 울던 밤이
오늘도 운다.

아침도 운다.
밤새 울었던 밤의 슬픔을 따라
울다 지쳐 가닿은 그곳은 어디일까?
어제도 울던 아침이
오늘도 운다.

울다가 울다가
찾아온 봄도 운다.
4월이 운다.
이 울음을 다 울고 나면
아이들이 있는 곳에 가닿을 수 있을까?

밤도 울고
아침도 울고

4월도 봄도 우는데
그 울음 속에 울지 못하고 섰는 우두커니 부모들
나는 그 부모를 보고 울고 만다.

세월!
이 봄이 낳은 십자가
해맑은 봄꽃이 찬란하게 피는 4월에
햇빛을 받으며 우는 낮
낮이 운다.

다 울고
그렇게 다 가슴 미여지게 울고
그렇게 울고 나면
함께 걸을 수 있을까?
4월 그리고 세월!

오늘도 우는 아침에
어제 울던 눈물이 땅을 꽃핀다.

분향소 가는 길

하늘, 바라볼 하늘도 없이
바다, 수심 깊은 바다처럼
오늘 대한민국의 지상에는
바다의 나라에 머문 아이들처럼
침몰한 사람들이 상심한 바다에서
허우적대는 학살의 마귀들을
바라보고 있네.

침묵하는 바다와 하늘이 하나
그렇게 지상의 눈물이 하나 되어
울다가울다가 지친 울음이
분노로 일렁이는 거리에서
너도나도 상주가 되어 슬픔의 거리에서
학살자들을 바라보네.
우리는 그렇게 하늘이 되고 바다가 되어
숨죽인 우리의 아이와 어른과 청춘을
진자리 마른자리 가리지 않고
거침없이 보듬으러 얼싸안으러 그렇게
눈물의 거리, 영혼의 거리로 가네.

아! 광화문에 아홉 육신과 영혼이

활활 타오르는 뜨거운 심장이 되어

우리를 살리러 오네.

우리는 죽었다네.

1년 365일 날이면 날마다

밤이나 낮이나 학살의 주범들에게 학살당했네.

오늘 팽목항, 진도 앞바다에서

304인의 육신과 영혼이 우리를 살리러 오네.

광화문 네거리, 비 오는 거리로

우리를 살리러 오네.

너도나도 살리

내가 떠나온 엄마, 아빠의 나라

– 2014년 4월 16일 세월호

사람들이 온다.
내가 떠나온 나라 사람들이다.
조금
아주 조금 전 내가 떠나온 나라
그 나라 사람들이다.
온다.
나를 보러 온다.
나를 살리러 온다.
엄마가 온다.
엄마의 나라, 아빠의 나라 사람들이다.
온다.
엄마가 운다.
아빠도 운다.
조금씩, 아주 조금씩 내가 떠나온 나라에서
나는 멀어져가고 엄마의 울음소리가 들린다.
엄마 울지마.
아빠 울지마.
창밖에서 나를 부르는 엄마, 아빠
그때 내가 막 울음을 터트리려 할 때
아무 소리도 들리지 않는다.

나는 아무 말도 할 수 없이 되고 말았다.

누군가 날 데리러 온 사람들 그들이 웃는다.

해경, 청해진, 언딘......, 그리고 잠시 후

그들은 엄마, 아빠의 나라에 보이지 않는 곳으로 사라졌다.

사악한 정부의 치맛자락 속으로 사라져버렸다.

나와 엄마, 아빠의 나라는 그렇게 사라졌다.

불과 몇 분, 간극을 두고 떠나온 나라

어머니의 나라, 아버지의 나라

엄마, 아빠의 나라에서 나는 어디로 가는 걸까?

내가 가는 아직도 가고 있는 나라

나의 나라는 보이지 않는 나라다.

나는 이제 엄마의 울음 속에, 아빠의 목메임에 숨어 살아야 한다.

천일

천일
첫날 우리는 기대했지.
한 사람, 두 사람 살려낼 거야.
이쁘고 착하게 말 잘 듣는 학생들의 천진함을 보며
우리는 기대했지.
그래 곧 살아오겠지.
곧 살아올 거야.
그렇게 한 시간, 두 시간
그렇게 하루, 이틀
우리가 기대한 꽃 같은 웃음을 간직한
어여쁜 소녀와 천진하게 개구진 소년이
살아오리라 기대했지.
그렇게 한 달이 가고
그렇게 일 년이 다 지나도
우리는 기대했지.
그러나 천일이 다 되도록 우리는 무얼한 건가요?
대체 우리는 무얼 했던가요?
울부짖어도 보고 지랄 같은 욕도 해보고
처절하게 격일근무에도 불구하고
광장을 오가도 보고 촛불도 켜보고 시도 써보고 기사도

써보고

아둥바둥 배 안에 아이들처럼

손톱에 금이 가도록 안간힘도 써보았지만,

어쩌라고 어찌하라고 무심한 천일이라네요.

잃어버린 나의 숨

깊다.

깊고 깊어 숨이 막혀버릴 듯하다.

깊어서 숨도 옴짝달싹 못하고 갇혀 죽을 듯하다.

4월 16일 어린 꽃들은 숨이 막히자 길을 내고 가버렸다.

가고 난 자리에 막힌 숨과 길을 두고 가버렸다.

길도 숨도 잃은 우리는 어디로 갈까?

길을 잃어버린 나의 숨

숨길이 막혀버린 나는

오월의 하늘에 사람이 살던 길을 찾아본다.

그리고 나를 살리기 위해 길고 길게

숨을 들이마시고 길고 길게 내뱉는데

그때마다 진양조로 늘어 빼며 숨을 쉬던 나는

물에 빠져서 허우적대는 나의 목구멍을 드러내자고

불법한 세상을 강제구인하는 청와궁 대피녀를 향해

지랄맞다. 지랄맞다. 미친정부, 미친나라

아우성으로 숨을 들이쉬고

카악카악 콱! 고래고래 숨길을 연다.

나는 잃어버린 4월의 봄을 슬퍼하지도 못한다.

몸을 사리게 하는 늦가을 혹은 초겨울

내 마음에서 죽어버린 봄을 장사지내지 못했다.

미친 계절이 이성을 잃은 것처럼 숫자놀음 속에

5, 6, 7, 8, 9, 10, 11 거침없다.

미친 정부와 미친 내각의 꼭두놀음의 무데뽀처럼 거침

없다.

아동학대에 학살을 즐기는 사악한 정권을 보고도

이성은 봄을 따라 죽어가고 있다.

하루, 이틀, 사흘 더 이상 의미없는 일상이 간다.

아마도 우리가 사는 세기에서

2014년 4월 16일 이후의 달력을 넘기지 못할 것만 같다.

산자여! 진양조의 숨으로 살거라!

그리고 우리 약속하자!

우리의 맺힌 한, 우리 마음의 강둑에 차곡차곡 쌓아가자.

그리고 끝끝내 하나 되어

단 한 번, 단 한 방의 결전의 날, 그날에 풀어보자.

멀고 먼 오월의 하늘을 생각하면서

　- 이역만리 낯선 땅에서 새벽불을 밝히며 눈물이
　　나는가?

누군가 말을 하네.
당신 가족이 북에 있느냐고,
당신 가족이 5월에 죽었느냐고,
내 가족 네 가족은 가려서 무엇 하는가?

사람이 살고 볼 일이지,
살고 나서 다음 이야기를 할 일이지.
죽어가는 사람들을 보고,
죽어버린 사람들을 보고
이 것, 저 것 따지고 가려서 무엇 하는가?

그럴 일을 없게 하자.
사람을 살리는 사람들을 위해 일하자.
오늘은 또 아픈 오월의 하늘이 보인다.
　우거진 신록을 뚫고 저 청정한 청춘의 눈으로 주검이 되
었던 사람들,
　그리움이 되어 훨훨 날아가는 새가 된 사람들,
　이제는, 이제는 하고 누가 잊자고 말을 할 건가?
　누가 잊으라고 말을 할 수 있단 말인가?
　그런 그리움을 기억해내기가

그 그리움으로 사는 사람들,

그 아픔으로 사는 사람들은 얼마나 가슴 저미는 일이겠는가?

나라면 눈물을 함께 흘리자고 말을 하겠네.

그만 그리워하고 그만 아파 마라고 못하겠네.

차라리 엉엉 소리쳐 함께 울자하겠네.

나는, 나는, 나라면......, 그렇게 그 세월을 울며 가자하겠네.

실컷 원 없이 아프다고 말하고,

원 없이 그리워할 수 있게 되면 그제야 눈물도 멈추어지리.

그제야 서로는 부둥켜안을 수 있으리.

너와 나 없이 너나들겠네.

그 그리움으로 그 아픔으로 서로 웃겠네.

김대중의 눈물

그가 울더라.
노무현 대통령께서 삶을 포기한 후 장례식장에서
그가 울더라.
어깨를 출렁이더라.
거센 동해 거친 파도처럼 출렁이더라.
그가 울더라.
이명박의 폭정에 남북화해의 기운이 위협받을 때
그가 울더라.
이명박의 폭정에 민주주의가 위협받을 때
그가 소리치더라.
그가 외치더라.
벽이라도 두드리며 소리라도 치라며
그가 외치더라.
그런 사람이 이 나라에 대통령을 지냈고
그런 사람이 우리와 살다가 떠났건만
우리는 그의 절실함을 외면한 채
지금 졸고 있다.
시민사회단체는 정치를 못 따라가고
문화예술계도 정치를 못 따라가고
우리는 그렇게 절실함을 잃고 부표처럼 떠돌고 있다.

그렇게 졸면서 운동하고

그렇게 졸면서 밥을 먹고

그렇게 졸면서 정치가 깨우면

잠시 소란을 피우다 다시 졸기 시작한다.

김대중의 외침과 김대중의 눈물고개도 못 넘으면서

입바른 소리만 사해에 넘쳐 잘난 바보들이 떠들며 졸고
있다.

눈물의 진실 고개 앞에 우리는 모두 입 다물자.

우리는 지금 다 함께 또 다른 역사의 한 고개를 넘을 준
비와 결기를 다져야 할 때다.

그렇게 한 번 울자.

그 울음이 조국을 개벽시키리라.

그 눈물이 통일의 징검다리가 되리라.

아니 그 눈물고개 넘으면 통일 조국이 있으리라.

지금 또다시 벽이라도 치며 욕이라도 하는 결심을 굳혀
야할 때다.

이제 모두 다함께 졸음에서 깨어나야할 때다.

이제 그만 졸자.

아! 뜨거운 눈물, 백남기

흰옷 입은 한 노인이 길을 여네. 싹이 돋는 봄날을 지고 멀고 먼 길을 걸어온 오랜 고행의 시간 또렷한 새벽 눈을 뜬 채 흙발로 잿둥과 벌판을 뛰어 짜고 매운바람처럼 한 걸음 가깝고 가깝던 고향으로 가네. "내가 백남기다. 우리가 백남기다." 길가에 핀 꽃들이 곡을 하듯 외치는 아픈 절규를 들으며 그렇게 흙을 품으로 살러가네. 그렇게 차가운 늦가을 거리에 스산한 바람 맞으며 오늘 흰옷 입은 한 어른께서 고요히 길을 내고 가네. 가다가다 하얀 가을 국화 앞에 한숨 쉬며 도란도란 오래된 옛이야기도 풀어두고 여름 한나절의 거친 태양에 살갗 데인 듯 타오른 농투산이 곧은 마음도 함께 오래된 선한 사람들과 함께 율도국의 꿈을 품은 백남기가 되어 "내가 백남기다. 우리가 백남기다." 소리쳐 부르며 가네. 부러져도, 다시 부러져도 올곧은 뜻으로 산 일생 뜨겁게 뜨겁게 방방골골 "내가 백남기다. 우리가 백남기다." 절절한 노래를 부르듯 외치며 가네. 옹불이 되어 빨갛게 타든 가슴에 남은 불덩이 같은 마음으로 흰옷 입던 선한 사람들에 참 세상으로 함께 가네. 뜨거운 눈물로 가슴을 적시며 "내가 백남기다. 우리가 백남기다." 외치며 함께 걷네. 그렇게 함께 가네. 광화문에서 부산 서면에서 광주 금남로에서 대구 동성로에서 대전 한밭로에서 모두가 율도국에 꿈을 품고 "내가 백남기다. 우리가 백남기다." 외치며 흙의 향기처럼 아름답고 따뜻한 나라로 가려 하네.

백발의 청춘, 이기형

하루도 눈 감지 않았던
시인의 똑똑한 눈매에
조국은 하루도
헛된 날 없이 밝고 희망찼다.

하루도 맥을 놓은 적 없던
조국 통일의 꿈도
백발의 힘찬 기상에
꺾이지 않는 찬란한 꽃불이다.

통일의 희망이 한 해 함께 저물었다.
봄날에 힘차게 피어오르던 꽃들이
잎 푸른 산천을 타고 올라 6월 어느 날
시인이 떠나가고 한 해가 저물었다.

호되게 샛바람이 분다.
백발의 노구가 멈추지 않고
봄날 샛바람이 불듯
진달래산천에 아리랑은 쓰라리다.

눈 뜬 사람들아.
눈 뜬 시인들아.
이제 한 걸음만 시인의 곁을 따라 통일의 길을 걸어라.
이제 한 걸음만 시인의 음성을 따라 통일의 노래 불러라.

이기형은 통일이었다.
이기형은 조국, 찬란한 청춘이었다.
시인 이기형은 그렇게 백년을 살고
그렇게 시인은 조국통일이었다.

오늘은 이기형 시인의 음성 따라 조국통일만세!

뉴스를 보다가

 - Covid 19, 대구 경북 힘내라!

하루하루 수치가 올라간다.

내가 살아낸 날 하루

텔레비전 화면 상단 귀퉁이에 숫자들

그 숫자를 보니 한숨도 그리 쌓여간다.

그 숫자들 보니 내가 살아낸 무기력한 하루도 가고

그러다가 월세낼 걱정이 되다가

그러다 아, 저 사람들도 있는데 한다.

그러다가 아, 저 곳 사람들도 한다.

그러다가 아, 내가 할 수 있는 일이 없어 또 한숨이 쌓이기도 한다.

그러다 사람들이 사람 길 찾아낸 모습에 눈물도 찔끔거린다.

그러다 또 한나절 지나간다.

그리고 또 반복이다.

그냥 내 자리에서 아, 아, 한다.

그냥 이러다가 지나가다가 끝나리라.

그렇게 읊조리다 알고 살아온 사람들에 안부를 묻는다.

그러다 기도로 손을 모아본다.

어서 이 상황이 멈추었으면……!

내가 살아낸 하루가 얼마나 위대한가?

내가 살아낸 이 쓸 데 없는 하루가 얼마나 대단한가?

우리가 살아낸 이 하루가 얼마나 다행인가?

타국에 아픔에는 몸의 고통을 다해 일했어도

내 나라의 동포에 아픔에는 할 일을 못 찾고 허우적대는
무기력

그렇게 내가 살아갈 날 하루만 빠져나간다.

코로나에 먹힌 일상

예전에는 사장님 소리 듣는 사람들이 부러웠던 날도 있
었지.
예전에는 그랬었지.
무슨 일을 하는 줄 알 바 없이 사장님 소리 듣고 살아가
는 사람이 부러웠었지.
예전에는 그랬지.
국민고충처리위원회는 알아도 사장님의 고충은 알 바
아니었지.
알 수도 없었지.
나도 한때 사장으로 살았었지.
그때는 젊어서인지 누구나 다함께 몰매를 맞듯이
절벽으로 떨어져 죽어가던 시절이었지.
아픈 줄도 모르고 가을날 지는 낙엽처럼 모든 것을 잃고
말았지.
지금도 생각하지 못할
지금도 잡히지 않는 억억하며 손에 쥔 것을 잃을 때
그저 살기 싫어 세상을 떠날 기약만 하며 한 달, 두 달
지내다
그도 쉽지 않아 다시 맨살로
일어나보기로 했었지.

그렇게 살고 살다 기약없는 미래에 깊은 산골 오막살이
로 삶을 이어갔지.

그렇게 징검돌을 놓으며 살아온 날이지만,

지난 날은 그립고 아름답지.

가끔은 욕심 좀 부리며 살지.

지나온 나를 바라보며 넋두리도 해보지만,

머나먼 일상 너머 오늘은 또 절벽이고

이 절벽 넘어가면 또 다른 무엇이 있을까? 기대없지만

그래도 살아보라는 1차, 2차 재난지원금이 웃고 있다.

그 비웃음같은 재난지원금에 목내놓고

살아가는 사장님들에 안녕을 묻는 것도 죄스런 날에

바람은 왜 이리도 눈물처럼 차갑게 불어오는지.

텅빈 가게에서 싸늘한 기운은 덥혀야해서

난방기도 켜고 냉장고도 켜고 조명불도 다 밝힌 채

사장님네 스스로 수명을 당기고 있는 듯

웃지 못하는 날들이 2020년 겨울로 스민다.

그렇게 코로나는 우리의 일상을 야금야금 잡아먹고 있다.

시대의 물고기들

나는, 그리고 너는 서로의 손가락을 움직여 숨쉬는 이 시대를 지키는 사수대로구나.

너는 밤이 익고 익어가는 칠흑같은 어둠을 밝히며 이 시대를 손가락의 힘으로 숨쉬고 헤엄쳐가는 물고기로구나.

나는 수많은 너, 그대들이 밝힌 아침을 걸어 빛나는 햇살에 물든 오색 물빛의 단풍을 보게 되는구나.

그곳에서 그리움으로 가득 채워진 수없이 많은 나의 그대가 맑게 빛나고 있어서 이 아침이 밝았구나.

어항 속에 갇힌 잉어가 아니 색색의 물고기가 하얀 피를 흘리며 죽어가도록 우리는 그 흰 피를 보지 못했구나.

물고기들이 마지막 숨을 토하듯 지금 그대들의 손가락에 의해 밝아지고 맑아지는 이 아침 마지막 아침을 밝히는 외마디가 있구나. 거기 나 없어도 내 마음은 그곳으로만 가고 있구나.

"콧물을 훌쩍훌쩍여도, 이 곳에 오면 아프지 않다!"

　이 아침 한 사람의 그대가 이 시대의 마지막 산 사람의 숨을 토해내듯 손가락을 움직여 밝히는　이 한마디가 지금 내게 얹히는 숭고한 시로구나.

　어제도 오늘도 우리들의 마지막 숨을 토하듯 오늘 우리들에 손가락이 안녕하기를......

빛 고을

광주를 생각하면 소리가 난다.
사람이 보인다.
그립다.
눈물이 난다.
끓어오른다.
얼척없다.
아슴찬하다.
짠하다.
광주에서는 총소리가 났고
눈물이 났고
광주에서는 사람들이 사람들이
단풍처럼 형형색색의 봄으로 피었다.
봄에도 여름에도 가을, 겨울에도
광주에서는 형형색색의 소리가 났다.
사람을 부르는 소리
사람을 노래하는 소리

제4부

어디로 가고 계시는 어머니.
아버지께서는 지금

오신 길이 어딘지요?

내 어머니 그리고 내 아버지

어릴 적에 오래된 제게 첫 집

나를 낳아 길러 주시던 고향집

그곳이 제가 온 길인데요.

어머니, 아버지가 오신 길은 어디시길래

잘 알지도 못하는 제게

그 길을 찾아보라 하십니까?

얼마 전 아버지께서는 돌아가신 친구를 찾으셨죠.

아버지 어린 날의 동무셨죠.

벌써 몇 해 전

먼저 오신 길로 가신 그분을 왜 찾으셨나요?

저보다 잘 아시면서

그분께서 가신 길을 제게 물으신 그 이유

이 못난 아들이 알고 있어요.

아니 이 못난 자식도 알게 되었어요.

고된 인생길 한 번도 쉬어보겠다 안하신 아버지께서는

이제 천천히 길을 찾으시며 쉬고 싶으시다 이른 것이겠죠.

그렇게 오신 길을

이제는 갈까 보다고 언질을 하신 것이겠지요.

어머니께서도 이제는

전에 없이 어린 날에 밥투정을 하시는 이유가 있으시겠지요.

그렇게 이 못난 자식에게 굳건하라고 다짐을 놓으신 거겠지요.

한 걸음씩 단단히 걸으시던 인생길에 조언처럼

이제 어머니, 아버지께서도 그리 한 걸음씩 단단히 걸으신다면

가시는 걸음 조금은 느릿느릿한 걸음이겠지요.

어머니께서 그리고 아버지께서 제게 주신 첫 집에서

어린 저는 참 많이도 울었지요.

구름이 바람에 흔들려 어지럽게 흩어져도 울고

바람이 내 눈썹을 부여잡고 불어와도 영문 몰라 울었지요.

눈비가 와도 울고 어둔 밤 반짝이는 별 보고 울고

그러다 지쳐 다시 떠오는 밝은 달빛에

이리저리 길을 가르키던 나뭇가지가 흔들려도 서럽게 울었지요.

그 감당 못할 것 같은 수많은 울음고개 넘어온 세월 동안

여전히 우두커니처럼 굳건하신 어머니께서 그리고 아버지께서

조금씩 흔들리는 바람보다 먼저 흩어지실까 마음조이는
반백을 넘긴 아들이 오늘은 조용히 입을 닫고 통곡하며
아무런 소리 없이 천상과 지상을 부여잡고 울어봅니다.
가시더라도 아니 가시었으면
가시더라도 가시지 말았으면
그렇게 소리의 문을 다 닫고 소리칩니다.
가시더라도 한 걸음 느리게
가시더라도 천천히
한 걸음보다 느리게
그렇게 부디 더 오래 건강하시고
두루 세상 시름 좀 더 부여잡아 주소서!

고향

할 말 많지요.
고향을 찾으면 말들은 어디로 갈까요?
마음 깊이 저미고 저민 말들은
다 사라지고
그저 웃습니다.
사라진 말 사이로 응고된 물방울들
하나, 둘 실타래처럼 풀어집니다.

고향을 만나면
강처럼 흘러넘칠 것 같았지요.
떠도는 객지인 나를 품은 고향을
그 고향이 건네는 한 마디 사랑
응고된 물방울은 몸속에 살 속에
피가 되어 객지인 나를 살립니다.

고향이 건넨 한 잔, 두 잔!
그 술잔에 취기는
술기운에 붉어진 나를 뜨겁게 하네요.
오늘도 나부끼는 거리에서
객지인 나를 살게 하는 사랑하는 사람들,

내게는 모두가 들판 같고,

강 같고, 바람 같은 생명!

오늘 나부끼는 바람에 객지의 안녕을 전합니다.

어머니 말씀 1

다 살드라.
저 염병헐 것들
왜 저러끄나
다 살아야
저 염병 안 해도
다 살아야
왜 그러끄나
저 지랄 안하고도 산디
저러고 사는 것이
그것이 사는 것이데
아니어야 다 산께
저러면 못쓴다.
저 염병헐 것들
저러고 살먼 급살을 맞어야
지가 아니면 자손
아니 사돈이라도 급살을 맞을 것이다.
어디 남 못되게 하고 사는 것이
그것이 사는 것이데.
안 그냐?
글지?

그렁께 천천히 살아야
그러믄 다 살아야
밥 잘 묵고 댕게라 와.

정월 대보름 나 어릴 때 어머니 말씀을
새벽달을 창밖으로 기웃거려 바라보며
어머니 말씀을 바라본다.

어머니 얼굴에 새겨진 선명한 주름살처럼
내 가슴에 그 말씀이 귀한 살이 되어
선명한 주름살처럼 새겨진다.

어머니 말씀 2

아따 차말로 아슴찬 허다야
워메 어메 아슴찬 헌디 어쩌끄나
저것들도 다 소중헌디 어쩌끄나 와
어메는 그랬다.
세상 보는 어메의 말씀은 항상 그랬다.
항상 짠허고
항상 아슴찬허고
넉넉한 곳간이 아니라
넉넉한 마음으로 세상 사람들을 바라보셨다.
그래서 항상 아슴찬하고
항상 짠해서 누군가를 향해 베푸시는 마음
나는 열 살이 되기도 전에
내가 세상을 알기도 전에
장사하러 어머니 따라 들판을 넘고
그런 어머니 따라 바다를 건너고
그렇게 산마루를 어머니랑 함께 걸으며
내 어메의 마음
무엇이 그리 아슴찬헌 것이었는지
무엇이 그리 짠하고 짠한 것이었는지
나는 그것을 먼저 알아버렸다.

어쩌면 그때 나는 어머니 마음처럼
이 세상에 아슴찬허고 짠헌 사람을 찾아
밤낮 눈물이 되어버렸나보다.

팔순이 넘은 어머니와 아버지께서는
지금도 쌀을 챙겨 주시고
지금도 밥을 챙겨 주시고
빚만 지지 마야!
그럼 다 산께.
내가 살아봤냐 안.
그래 그렇께 빚만 지지 말그라 와.

어머니 말씀 3

그냥 받그라
그냥 받아야
그래 그래도 된당께
다 산다 그래도 다 살아야
내 다섯 살, 네 살 그리고 여섯, 일곱 살
그렇게 흐른 세월 후
열 한 두 살이 되어서도
우리 엄마가 하시던 말씀이 반백년 후 들린다.
그래 그냥 받아라
그냥 받아야
그래 그래도 된당께
다 산다 그래도 다 살아야
아버지께서 집 앞 마당
멀리 뻗어 걸어가신 갯벌 바다에서
생선 몇 마리에 운저리 낙지 잡아오시면
엄마는 십리, 이십리 걸으시며 팔남매 자식들
앞길, 뒷길 여시느라 여념없이 살아오셨다.
나는 그 길을 따라 엄마의 수금원이 되어 걸었다.
그리고 이제 그 거친 날의 어린 길동무로 나섰던
나의 열린 귀가 밝아지며

내 마음을 따뜻하게 한다.

이 차가운 겨울밤 따뜻한 어머니의 귀엣말로 담기는

조금 모자란 생선값으로 받아들던 차조, 모조

그 모든 것들이

조금 모자란 내 자그만 손아귀에 쥐어지던

그날의 깨소금처럼 고소하다.

내 어머니 그 그리운 청춘의 날에 음성은

지금 더 밝다.

다 살아야 다 산다.

그래 그렇게 안해도 살아

모자라지만 더 필요하지만 조금만 받아도 산다.

그래 그렇게 우리 살았고 또 따뜻하다.

그렇게 밝은 어머니의 말씀이 곱기만 한 밤이다.

다혜의원에는 다 있었네

다혜의원에는 세상에 세상에
다 있었네.
다혜의원에는 세상에 세상에
다 있었다네.
아버지도 있었고 어머니도 있었고
빛나는 삶이라고 버걱대며 헛웃음에 묻혀 사는 도시에
는 없는 것
다 있었네.
그 아버지를 그 어머니를 품고 있는 꽃 같은 다혜들이 있
었네.
내 아버지를 내 어머니를 품고 웃는 꽃이 되어 핀 다혜
들이 있었네.
다혜의원에는 세상에나 세상에나 찬 바람이 불어도
다 있었네.
따뜻한 아랫목을 덥히는 이불 속에 고봉밥 같은 사랑이
다 있었네.
21세기가 오고 또 다른 날로 어두워져 가도 다혜의원에는
다 있었네.
멀리 도시에서 시속으로 달려온 바람보다 먼저
아들의 마음 딸의 마음을 품은 사랑보다 더 크고 큰 사

랑이

　다 있었네.

　흰옷 입은 조상님처럼 선한 조상처럼

　내 아버지 내 어머니를 인자하게 살피시는 의사 선생님

도 있었고

　그런 의사 선생님을 도와 사랑이 된 사무장도 있었고

　투박한 말씨에도 밝은 웃음을 잊지 않는 따뜻한 웃음을

간직한

　흰옷 입은 선녀처럼 마음 따뜻한 인사를 품은 다혜들이

있었네.

　그랬네. 그랬어.

조상의 고향

아마 그런 것이겠지.
하루 전도 아니고 일 년 전도 아니고
십 년 전쯤, 이십 년 그리고 삼십 년 전
아니면 그보다 더 먼 반세기, 일세기
내가 못 본 할아버지, 할머니께서
내가 걸었던 어린 날에 마당도
내가 걸었던 어린 날에 벗들과 놀았던 길도
저 먼바다와 동산의 한 그루 나무와 함께
드문드문 앞날을 생각하며 흔들렸으리.
나무처럼 바람처럼 흔들렸으리.
우리는 흔들리며 걷지.
흐느적이기도 훌쩍거리기도 하지.
그렇게 걷다가
빛나던 할아버지, 할머니를 만나
거기서 어머니도 아버지도 만나고
형제자매도 만나지.
거기 나의 벗들과 어우러지며 동네 한 바퀴
할아버지, 할머니, 어머니, 아버지께서도
거기 저 먼 하늘 에둘러 불어온 바람처럼
우리를 감싸고 소슬소슬 귀엣소리를 들려주었지.
먼 천년의 기억도 설날이면 우리는 모두 들었지.

꼬부랑 어머니 곁에서 꼬부랑 할머니 곁에서
참말로 참말로 흔들리지 말라 격려하며
어둠과 함께 깃들어 하얗게 눈 내리는 마을
고향 마을 산소에서 우리는 들었지.
낮은 나무가지를 흔들며 오시는 깊은 겨울밤
자분자분 곧은 길로 내리는 오래된 이야기
천년의 길, 천년의 꿈
설날에 우리는 그런 이야기를 듣지.
어린 날 섣달 그믐날에 잠들기 전 팔남매와 부모님까지
전후좌우로 얼키고 설킨 잠자리에 천지가 깨어났지.
나는 오랜만에 팔순을 넘기신 나의 할머니, 할아버지가
낳으신 아버지와
외할머니, 외할아버지의 어여쁜 딸인 어머니
그리고 먼 나라에서 온 아내와 한 방에서 누워 잤다.
흰 눈이 내리고 그 뒤를 따르던 어둠이 깃드는 고향 집
에서
깊은 잠을 자고 천지가 깨어날 때 함께 잠에서 깨어났다.
여기가 내 조상의 고향이었고
내 조상은 천 년 전, 이천 년 전, 수천 년 전부터
이 땅을 일궜다.
거기서 나는 오늘 또 한 걸음 딛고 일어선다.

웃는 나를 바라보는 엄마를 위한 기도

나는 웃고 엄마는 웃는 나를 바라본다.

사진에서도 아픈 엄마가 보이고

실제로도 아프시다.

아무 것도 드시지 못한다해서

엄마가 좋아하신다는 엿과 귤을 사서 병실에 놓아드렸다.

다시 2주 후에 찾아뵙자는

아내의 말씀이 고마워 눈물이 맺힌다.

엄마! 왜, 그럴까?

난 엄마라 부를 때가 좋다.

나이가 들어 어머니라 불렀지만 최근 다시 엄마라 부른다.

그런 엄마가 다시 병원에 계신다.

나는 어제 엄마 보러 고향에 갔다.

아부지도 뵙고 고향도 뵙고 왔다.

세월이 지나면

고향을 어머니, 아버지 뵙듯 하여야할 것 같다는

생각이 뇌리를 스치며 복받쳐오는 울음을 참느라 입술

을 깨문다.

나는 어디에 있을까?

-우리의 생명 같은 이제는 추억이 된 기억들

어디에 있을까?

아버지가 잡아 온 생선
우리의 생존의 끈이 되어주었던
몇 마리의 생선을 팔러 나간 어머니를 기다리던 나는
지금 어디에 있나?

어디에 있을까?
나지막한 재를 넘나들던
팔남매의 생존의 끈을 끌어주었던
천하장사처럼 이 동네 저 동네 걸음 걸었던 검은 머리 내
어머니는
지금 어디에 있나?

어디에 있을까?
다리깨 메고 삽도 어깨 걸쳐 메고
우리의 생존을 위해 강인했던
삽질로 수많은 날 갯벌 바다로 길을 열었던 내 아버지는
지금 어디에 있나?

어디에 있을까?

갯벌에 나가 놀며
우리의 생명 같은 추억을 나누었던
그렇게 유년의 꿈을 함께 키웠던 나의 동무들은
지금 어디에 있나?

어디에 있을까?
줄줄이 함께 걸으며
서로서로 어깨 걸고 꿈꾸었던
아련한 등잔불의 추억을 함께하며
깊은 사랑이던 별빛 같고 달빛 같던 형제들은
지금 어디에 있나?

어디에 있을까?
내가 한 걸음 걸으면
내 등 뒤로 뒷걸음 쫓아오던
아련한 기억 속의 고향 산마루와 산을 비추었던 별과 달은
지금 어디에 있나?

어디에 있을까?
머리 한 번 쓰다듬고
우리의 기억 속에 줄줄이 사랑이던

내 고향의 아짐과 아제 그리고 늙은 형님들은
지금 어디에 있을까?

지금 나는
낯설은 고향, 낯설은 동무
나도 내가 낯설어지는 나이
불혹의 세월 저편에 나는
지금 어디에서 나를 찾아야 하나?

집 나간 나처럼
내가 나를 찾지 못하고
허공 중에 공허로움으로
강물에 낚싯대를 드리운 것처럼
지금 내가 낯설다.

낯익은 나는 어디로 가 있나?
나는 나를 위해 지금의 나를 떠나고 싶다.
그렇게 나를 떠나 나에게로 가고 싶다.
속없는 세월 저편에 어릿광대 같은 유년의 세월로
머나먼 꿈길 같은 아련한 추억 너머로.......,

내 붉은 혀의 고백

－ 김형효 시집 『불태워진 흔적을 물고 누웠다』를 읽으며

임영석(시인)

1. 김형효 시인의 신념

우리 사회의 가장 이질적인 문제는 남북으로 갈라지고, 진보와 보수로 나누어진 이념의 골이다. 이는 서로 편먹고 싸움하기를 좋아하는 세상의 편견이 만들어낸 우리들의 자화상이다. 민주화만 이루어지면 세상이 바뀔 것이라는 기대는 허수아비가 되어 있고, 입버릇처럼 남북의 이념과 진보와 보수라는 정치적 잣대는 언제 사라질지 모르는 울타리가 되어 있다. 이 이질적인 감정의 울타리를 거두어 내는 것이 우리 시대의 숙제이기도 하다. 김형효 시인의 시집 『불태워진 흔적을 물고 누웠다』의 원고를 읽으며, 그가 외치는 말의 힘은 어디에서 나올까? 생각을 했다. 그것은 〈내 붉은 혀의 고백〉처럼 내게 들렸다.

사람 삶에서 손과 발 다음으로 많은 움직임을 보이는 것이 혀다. 혀는 음식의 맛을 보아야 하고, 생각의 뜻을 전하는 말을 해야 한다. 혀는 음과 양의 기를 모두 소비해야 하는 신체

의 기능을 지니고 있다. 이 세치 혀로 발산하는 시인의 시들은 생각에 그치는 것이 아니라 행동을 보이고 있고, 그 행동들이 지나가는 봄바람을 휘어잡고 꽃을 피우는 꽃나무 가지처럼 세상을 향해 향기로운 말의 꽃을 피우고 있다. 김형효 시인의 시정신은 바로 붉은 혀를 움직여 꽃을 피우지 않으면 안 되는 꽃나무와 같은 삶을 보여주고 있다.

내가 30년 노동자 생활을 하며 머리띠를 묶고 여의도 벌판에서 민주주의를 외치고, 노동자도 '사람이다'라는 구호를 외치며 느낀 것은 경찰의 차디찬 방호벽이 아니라 먹고살 만한 놈들이 최저임금 인상을 외치는 것을 몰아붙이는 언론들의 이중 잣대였다. 양팔 저울처럼 기울어지는 힘의 논리에 이질감을 느끼는 세상이 아닐 수 없다. 이러한 편견을 세상 사람들은 자기 일이 아니면 흥미를 갖지 않는다. 이 흥미 없는 일을 김형효 시인은 내 일처럼 나서서 그 아픔의 말을 서슴없이 하고 행동하며 살아가고 있는 시인이다. 선구자적 양심의 기둥이 없으면 할 수 없는 행동이다. 개척자적 믿음이 없으면 한 발도 내 디딜 수 없는 행동이다. 동지적 애정을 느끼면서 한편으로는 동시대를 함께 살아가는 시인으로써 존경의 박수를 먼저 보내고 싶다.

시라는 것은 낙엽이 쌓여 만들어지는 부엽토 같은 것이다. 마음속에 생각이 쌓이고 쌓여 그 생각들이 밑천이 되어 썩어가야만 또 다른 생각의 나무를 자라게 하는 글을 쓸 수가 있다. 때문에 시는 그 시인의 삶을 바라보는 척도이기도 하다.

그렇게 많은 시인들이 유행처럼 썼던 참여시나 노동시들이 많이 보이지 않는다. 그만큼 우리 일상이 시적 주제로 확고하게 자릴 잡았고, 장르의 구분 없이 자유로운 소재의 시들을 쓰고 있다는 것이다. 때문에 고된 일상의 삶을 살며 시를 쓴다는 것은 무의미에 가까운 일인지도 모른다. 하지만 김형효 시인은 어떤 목적을 두지 않고 사람이 살아가는 세상이 좋아지기를 바라는 마음의 시를 놓고 필사적인 마음을 다잡고 있다. 그가 쓴 시들을 읽어보면 그의 붉은 혀 속에서 묻어난 말의 의미가 무엇인지를 쉽게 가늠할 수 있을 것이다.

김형효 시인의 신념은 바로 뜨거운 삶의 피가 말하는 붉은 혀의 움직임들이다. 그 움직임을 잘 살펴보는 일은 문학적 해석을 넘어 우리가 기본적으로 인식하는 우리 사회의 동질성을 확인하는 작업이라는 생각이 든다. 그 동질성을 시적 공간에서 어떻게 발산하고 있는가가 이번 시집에서 주요한 목적이 될 것이다, 그런 의미의 사상과 마음의 흐름을 읽어보려고 한다.

2. 왜 통일을 말하고 있는가?

김형효 시인의 이번 시집에서는 유독 통일이라는 주제가 많다. 역사적으로나 시대적으로 남북의 교류가 가장 활발했고 남북 평화에 대한 기대치가 높았던 시대였다고 치부할 수 있을 것이다. 과거 통일을 가장 많이 부르짖었던 시인이 백기완 선생이셨다. 그러나 지금은 정치권 일부에서나 통일을 이야기할 뿐, 시인이나 제야 지식인들도 통일에 대한 이야기를 거론하지 않는다. 그러나 통일에 앞서 남북의 평화적 종전 선언이나 평화적인 장소에서 이산가족 상봉, 남북 관광객 왕래 등과 같은 일들이 시행되면서 통일의 물꼬를 트고, 경제협력 및 문화교류 등이 정착이 되어야 통일로 한발 다가설 수 있을 것이다.

지금 아니면 못하지.

오늘 아니면 못하지.

사랑도 결심도 모두 다 그렇지.

늙으신 어머니를 따라가듯

지나가는 세월을 따라가기만 하다 보면

이 세상에서 꾸는 모든 꿈들도 그렇게 사라져버리지.

지금 아니면 못하지.

오늘 아니면 못하지.

사랑도 결심도 다 그렇지.

자주를 찾아오지 못해서 떠나 가버린 세월을 바라다보면

이 못난 세월이 꿈처럼 지나온 세월이라는 것을 알게 되지.

지금 아니면 못하지.

오늘 아니면 못하지.

사랑도 결심도 모두 다 그렇지.

다 망가진 것만 같던 팔도강산 흐트러진 조국을 보면

우리가 못나 꿈꾸지 못했던 자주 해방의 불꽃을 보게 되지.

지금 아니면 못하지.

오늘 아니면 못하지.

사랑도 결심도 모두 다 그렇지.

그러니 지금 하자.

그러니 오늘 하자.

사랑도 결심도 모두 다 지금 하자.

사랑도 결심도 모두 다 오늘 하자.

자주해방의 꽃을 들고 삼일 만세 100년의 역사를 다시 돌아보며

남 누리, 북누리, 온 누리, 우리누리

그렇게 훨훨 춤추듯 만세 부르며 통일의 날 안아오자.

그렇게 늙으신 어머니를 부둥켜 안아오자.

생기가 넘치는 어머니 그런 어머니를 함께 보자.

- 「못하지」 전문

「못하지」라는 시를 읽어보면 미정 미정 미루거나 눈치 보거나, 이 사정 저 사정을 다 보다가는 때를 놓친다는 이야기다. 때문에 시인은 어머니가 아이를 키우듯이 통일도 그렇게 애지중지 키워나가야 잘 자랄 수 있다고 말한다. 통일이라는 말은 누구나 쉽게 이야기한다. 그러나 그 길로 가는 길은 전쟁보다 더 힘든 길을 가야 한다. 이미 전쟁 1세대들이 세상을 떠나가고 있는 상황이다. 6·25전쟁 때 태어난 사람들도 벌써 나이가 70세가 넘어서고 있다. 그러니 그들이 이 세상에 살아있을 때 이산가족이 자유롭게 만나는 일부터 시작하여 가슴에 맺힌 아픔을 풀어내야 할 것이다. 이념이라는 것은 사람 삶의 의미를 확장하기 위한 철학적 의미로 바라보면 고결한 것이지만, 실제 한 나라를 통치하기 위한 목적으로 사용되면 얼마나 무서운 울타리가 되는지 극명하게 보여주고 있는지 남, 북의 상황을 바라보면 잘 드러나 있다. 통일의 날을

안아오는 것은 미루면 미룰수록 더 멀어지고 어두워진다. 작은 촛불 하나를 들고 그 뜻이 모이고 모여 커다란 빛을 이루어 낼 때 통일의 길이 열린다.

그래서 '자주를 찾아오지 못해서 떠나 가버린 세월을 바라다보면 / 이 못난 세월이 꿈처럼 지나온 세월이라는 것을 알게 되지'라며 한탄하고 있다.

> 아리랑 고개보다 버겁던 수많은 세월의 곡절
> 이 향긋한 봄바람에 사랑스럽게 날려 보내고
> 이제 우리 지금 이대로 손 맞잡고 걷자구나.
> 이것은 지금, 이것은 현실
> 남과 북이 하나 되고 사람과 사람이 하나 되는 날
> 지금 이대로 지금 이대로 그렇게 그렇게
> 삼천리 방방곡곡에서 평화의 춤을, 통일의 춤을
> 그래 지금 이대로 좋은 세상을 살자구나.
>
> ― 「지금 이대로 ―남북정상회담에 부처」 부분

> 통일은 절로 오지 않는 것이어
> 통일은 절대로 절로 오지 않아
> 통일을 원하거든 손이 부르트게 두드려 패야해
> 미제국이 단단히 묶어 놓은 철망을 끊어 내야제.
> 밤낮으로 두드려 패고 끊어 내야제.
> 지랄 같다고 고래고래 소리쳐야제.
>
> ― 「통일은 절로 오나」 부분

허허 저 잘난 사람들

완장을 차고 기고만장하네.

허허 저 못난 사람들

완장에다 통일이라 새겨놓고

너냐 나냐 분열에 날밤을 새는구나

허허 허허 저러니 될까

허허 허허 저러면 아니 되지.

– 「통일이 지나간다」 부분

김형효 시인의 가슴속에는 통일이라는 마음만 가득 담겨
있는 것 같다. 「지금 이대로」, 「통일은 절로 오나」, 「통일이 지
나간다」 세 편의 시에서 느끼는 것은 남북정상회담이 열리는
그 자체를 놓고도 사람이 그어 놓은 선, 하나 때문에 오도 가
도 못하는 마음을 담아놓고 있다. 그리고 통일은 절로 오지
않는다고 한다. 봄이 오는 것도 기나긴 겨울 한파를 이겨내
야 봄이 온다. 그런 이치라면 통일도 우리들 주변에 존재하
는 강대국들의 관여부터 끊어내야 할 것이다. 우리가 자주국
방이라고 말하고 있으나 자주국방을 논할 만큼 우리는 우리
의 자주권을 확보하였다고 말하기가 어렵다. 때문에 통일이
지나가도 그 지나가는 통일을 놓고 '허허 허허 저러니 될까
/ 허허 허허 저러면 아니 되지.'라며 지나가는 통일을 아쉬워
하고 있다.

혹자는 통일을 이야기하면 좌파 빨갱이들이란 말부터 내뱉
는다. 그만큼 이념에 지배당한 시대를 살았던 사람들의 마음
에는 커다란 돌덩어리가 들어 있다. 그 커다란 돌덩어리를 가

슴에 끌어안고 살면서 통일을 바라보니 평화나 통일이라는 것
이 눈에 보일 리가 만무하다. 그러한 돌덩어리를 걷어치우기
위해 남북정상회담이 더 자주 열려야 하고, 더 많은 사람들이
남북을 오고 가야 하고, 더 많은 예술가들이 통일에 대한 희
망을 부르짖어야 한다. 그러한 일념으로 시인은 통일에 대한
확고한 의지를 여러 편의 시를 통해 그 뜻을 전하고 있다.

젊은 사람들이 다 늙어가지고
젊은이들이 노인이 되어서
세상 탓이야
어려서부터 중간만 가라
나서지 말고 중간만 가라
그래서 병들고 병들어
젊음은 다 사라져버린
한반도 남녘의 불쌍한 청춘들
모두 다 어쩌라고 어쩌라고
어쩔 수 없잖아 어쩔 수 없잖아
그렇게 세월은 무심히 흐르고 흘러
지금

일제시대 후
노세 노세 젊어서 노세
조선 놈들은 안 된다고 우리 입으로 말하며 살아온 세월
어긋난 해방 이후에는
다 미국 덕분이라고 하고 살더니

이제는 미국이 하라는데 어떻게 하냐고
자주파도 민족주의자도 그냥 그냥 살살 살자고
우리가 어쩔 수 없잖아 미국이 가만 안 있을 텐데
그렇게 세월만 허송하며 지내온 세월 어언 70년
지금

한국 사람인지 남한 사람인지 이제 우리는
30년, 40년, 50년, 60년 오래 살면 산대로
그저 속아온 세월이 길고 길뿐, 배움이라는 것이 없다.
70년 유엔의 제재라는 뉴스는 절로 암기되어
우리 뇌구조 속에 똬리를 틀었다.

워싱턴에는 열쇠가 없다.

– 「워싱턴에는 열쇠가 없다」 전문

특히, 나는 「워싱턴에는 열쇠가 없다」를 읽으면서 우리의
주권이 우리에게 있는가? 라고 묻는 김형효 시인의 마음이
가장 잘 드러나 있다고 본다. 우리는 우리의 자주 주권을 되
찾아오기 위한 노력을 하면서도 우리 스스로의 내부 갈등이
더 많이 발생하고 있다. 한 쪽은 국방의 자주권을 가져오면
위험하다고 하고, 한 쪽은 이제 우리 스스로 자주국방의 주
권을 찾아와야 한다고 말한다. 그러한 갈등의 고리는 정치적
이념으로 불붙어 또 다른 분열을 만들고 있다. 그 갈등과 분
열들이 통일을 더 멀어지게 하고, 냉전의 시간을 더 길게 만
들고 있다고 본다. 우리는 유일 무익한 분단의 국가로 살아

가고 있다. 왜 워싱턴에는 열쇠가 없다는 답을 내놓았을까 싶다. 미국인들이 한국의 통일에 얼마나 적극적으로 임할까?라는 생각을 하면, 소수 미국 국민은 지지를 하겠지만 대다수 미국인은 그리 큰 관심을 두지 않을 것이다. 때문에 통일이라는 열쇠는 워싱턴 정가의 사람들이 손에 쥐고 있는 것이 아니라 우리가 스스로 그 열쇠를 만들고 통일의 문을 열어야 한다는 이야기를 하고자 김형효 시인은 미국에 의지해서는 안 된다고 생각을 피력하고 있다.

세상은 자국의 이익이 아니면 남의 나라 일에 개입하지 않는다. 자국의 이익을 위해 전쟁도 참여해 주고, 해양의 경비도 서 주고, 경제적 원조를 해 주는 것이다. 우리가 통일이라는 말을 완성시키기 위해서는 북한 주민에게 전쟁을 도발할 명분을 주지 않아야 한다. 그 명분을 제거하기 위해 경제, 사회, 복지, 의료 등등 우리들이 누리는 혜택만큼 북한 주민에게 줄 수 있는 아량이 필요하다. 통일이라는 구호만 외친다고 통일이 이루어지지 않는다. 쥐도 궁하면 고양이를 문다고 했다. 전쟁이라는 것은 힘이 있다고 전쟁을 하는 것은 아니다. 살아남기 위해 자기 영역의 싸움을 하는 것이 전쟁이다. 이는 외부적 환경이 더 큰 자극의 촉진제가 된다. 지금 북한은 고립의 고리에서 빠져나오지 못하고 있다. 미국이나 강대국들이 핵무기를 만들고 있다는 문제를 들어 경제적 제재를 가하고 있다. 남북이 대화의 주체이지만 실질적인 대화의 주체는 이미 남과 북의 대상에서 멀어져 강대국의 이익을 대변하는 형국으로 변질되어 있다. 이러한 인식을 김형효 시인은 알리고자 「워싱턴에는 열쇠가 없다」라는 질문과 답을 동시에 말하고 있다고 생각한다.

3. 요즘 세상이 어떤 세상인가

지금 우리가 살아가는 세상은 통제와 억압으로는 절대 권력을 손에 쥘 수 없는 시대로 변해있다. 손바닥 안에서 세상을 바라볼 수 있고, 언제 어느 장소에서나 구분하지 않고 세상에서 일어나는 일들을 확인하는 시대다. 바로 인터넷과 통신의 발달이 가져온 삶의 변화 때문이다. 과거에는 신문, 방송 등 몇몇 언론만 통제하면 권력의 통제가 가능하지만 무소불위 권력도 전파가 지닌 속도를 따라가지 못한다. 전 세계 사람이 이 전파의 속도로 움직이며 살아가고 있다. 뉴턴이 1642년에 부유한 농부의 아들로 태어나 이듬해 아버지가 사망하고 그 어머니가 뉴턴의 나이 3살에 재혼을 하며 할머니 손에 자랐다는 것은 잘 알려져 있다. 그가 사과가 떨어지는 현상을 보며 모든 물체는 질량을 가지며 그 질량의 세계를 이끌어낸 것이 만유인력의 법칙이다. 특히 빛의 속도 등 기하학의 발달에 크게 기여한 과학자이다. 그로부터 우리가 400여 년이 지난 이 시점의 세계를 보면 정말 빛의 속도를 계산하는 방식만큼이나 세계는 변해있다. 군국주의나 왕권이 무너지고 민주주의나 공산주의라는 새로운 개념의 이념이 도래하여 세계를 지배했고, 이 민주주의나 공산주의도 무너져 가고 자본의 영역으로 세계의 질서가 재편되고 있다. 그러니 요즘 세상이 어떤 세상인가를 확인하는 일은 당연히 시인의 의무이고 세상 사람들의 눈과 귀가 어디로 향하고 있는가는 중요한 관심 사항이 아닐 수 없다.

어제나 오늘이나 아무렇지 않아
그래 참 세상은 그렇게 아무렇지 않아
어제의 달력 한 장 넘기는 것
오늘의 달력 한 장 넘기는 것 참 쉬운 일이잖아

가난한 서민의 속절없는 주검이 발견되고
할 말 할 곳 못 찾아 견디다 못한 주검도 늘어가지만
우리는 어제나 오늘 아무렇지 않아
스마트 폰 속에서 주검은 아무렇지도 않게 다른 페이지로 넘어
만 가지.

세상이 어떤 세상인데
21세기에 있을 수나 있는 일이야
아니 사람들의 입버릇 속에 살아있는 언론이 있는데 대체 어떤
짓을 할 수가 있어
요즘 세상이 어떤 세상인데

요즘 세상이 어떤 세상인지 나는 모르겠다.
두 눈 부릅뜨고 보니 동토의 땅에 햇빛이 들어 민주주의를 외
치고
우리네 사방은 얼음장처럼 차갑게 숱한 자만과 오만으로 가득
한 민주로
그래서 민주주의는 썩은 송장이 되어 우리를 비웃고 있다.

동네 불구경보다도 더 흥미 없는 아우성이

불법에 대한 소리 있는 아우성이 된 것이 하루 이틀 삼일이 아
니다.

1년, 2년, 3년이라 해도 불 꺼진 창을 바라보다 밤이 저물 듯 지
나치는 무관심

거짓과 위선과 불법이 대낮을 누벼도 모두가 허허실실 아무렇
지 않아

그래 대체 요즘 세상이 어떤 세상인데

거짓말만 보면서 거짓말에 길들여지면서

하루 이틀 사흘의 무사함이 1년, 2년, 3년 그렇게 평생의 무사
함으로

대체 요즘 세상은 어떤 세상인가?

나는 알지 못해 아프다.

세상은 그렇게 다 아는 것 같은데

나만 몰라 아프다.

세상 사람은 다 아는 듯한데 나는 모르겠다.

대체 요즘 세상에 내란음모, 간첩조작, 온갖 의문사, 온갖 의문
투성이

지능범죄자, 지능범죄 집단이 아니라, 공권력이 그런 일을 하
는데 나는 모르겠다.

대체 요즘 세상에 나는 모르겠다.

– 「세상이 어떤 세상인데」 전문

시, 「세상이 어떤 세상인데」를 읽어보면 요즘 세상의 실상
을 낱낱이 잘 알 수 있다. 하루하루 살아가는 사람들의 삶은
말 그대로 살아남기 위한 혈투나 다름없다. 그러한 삶을 표

현하고 있는 세상의 변천사는 88만 원 세대, 아빠 찬스, X세대, MZ 세대 등으로 불리면서 세상의 삶의 속도를 역설해 왔다. 권력을 손에 쥔 정부마다 부정과 부패는 근절하지 못하고 기업은 권력과 결탁해 더 큰 이익을 잡으려 혈안이 되어 왔고, 공무를 집행하는 사람들은 온갖 개발 지역의 정보를 활용해 자기 배만 불리는 세상이 되었다. 이는 공정하지 않다는 울림으로 권력의 심장을 향해 화살처럼 날아가는 말이 되었다. 세상을 욕하고 고발하고 모욕을 주는 것도 모두 더 좋은 세상을 향한 애정이 있기 때문에 하는 행동들이다. 그러나 체념은 세상이 어떻게 변하든 내 알 바 모른다는 무관심의 표현이다. 이 무관심이야말로 가장 비극적인 우리 사회의 병이다. 코로나19가 번창하여 세상을 마비시킨 시간이 2년이 되었다. 아비규환이 따로 없다. 세상의 질서가 코로나19라는 바이러스 하나로 다 무너졌다. 우리가 쌓아놓은 민주주의 가치, 공정의 가치, 질서의 가치, 정의의 가치 등이 코로나19라는 바이러스가 순식간에 집어삼켰다. 그러니 이런 가치를 다시 일으켜 세우려 해도 코로나19라는 방역을 빌미로 차단이 된다. 마치 가을에서 겨울로 넘어가는 나무들이 서릿발 하나에 우수수 다 낙엽을 떨구어 내듯 자연 순리의 역습에 인간의 삶은 저항의 의지마저 상실하게 만들고 있다.

시, 「세상이 어떤 세상인데」는 이 코로나19 세상 이전의 모습을 말하고 있다. 사회적 개념이나 의식이 막말로 개판이라는 것이다. 고상한 지식인은 지식인대로, 고상한 시인은 시인들대로 그러한 세상을 쓴 소리는 고사하고 한 패거리가 되어 날뛰는 망나니처럼 보인 세상이다. 그러니 시인 김형효는 요즘 세상이 어떤 세상인데~라며 절규를 하고 있다. 이 절규마저 세상이 무시하고 무관심하다면 우리는 코로나19보다 더 무거운 암흑의 세상을 맞을 것이다. 분명한 것은 의식의 붕괴는 어느 지식인의 지식으로 막아내지 못한다. 경제인의 경제력으로 막아내지 못한다. 마치 자연변화를 통해 지구가 온난화가 되어간다고 야단법석을 떨어대고 있지만, 실질적으로 매년 경제성장률을 더 높이기 위해 공장을 짓고, 도로를 넓히고, 핵 발소를 짓고, 오르지 안락한 사람의 삶을 위한 목적으로 높은 건물들이 들어선다. 그러니 낙후된 후진국들은 선진국의 지배력에 더 강한 통제의 압박을 받아야 하고, 더 궁핍한 생활을 면할 길이 없어지고 있다. 이는 코로나19 백신의 공급을 통해서 잘 드러나 있다. 잘 사는 나라에만 백신의 우선권이 먼저 주어지고, 저개발 후진국은 힘의 논리에 떠밀려 코로나19의 새로운 번창의 주소지가 되어, 되래 선진국으로 유입이 되고 있다. 함께 라는 말, 모두라는 말, 공유라는 말, 우리라는 말, 평등이라는 말 등등 거창한 의식의 흐름이 무엇인지 확인하는 시간이 코로나19 이후의 우리가 맞이하는 세상의 변화다.

이러한 가치의 변화에 대한 시인의 의식세계가 무엇인지를 짚어보는 시가 바로「세상이 어떤 세상인데」라는 시에서 확인할 수 있다. 나는 김형효 시인의 시를 문학적으로 접근하지 않고 이 글을 쓰고 있다. 문학적인 접근은 말 그대로 논리에 대한 이야기다. 우리가 살아가는 세상은 이 논리가 수학 공식처럼 딱 맞아떨어지지 않는다. 비유하자면 학교 수업이 아무리 뛰어나고 잘 가르치는 선생님이 있더라고 사랑이라는 것은 부모만큼 뜨겁게 전해주지 못한다. 지식이야 가르침을 통해 배울 수 있지만, 부모의 사랑은 무한한 자기희생이 없으면 주지 못하는 것이다. 그 부모 된 입장에서 김형효 시인은 세상을 바라보고, 학교 칠판 앞에서 아이들을 가르치는 지식 높은 선생님이 아니라 온전히 사랑 하나만 전해주는 절대적인 의지의 모습으로 시를 쓰는 시인이라 말하고 싶다.

한 사람을 보고 싶어 찾았다.
그 집에서 오래된 LP판으로 흘러나오는
매우 편안한 오래된 팝송을 들으며
보고 싶었던 사람의 따뜻함을 본다.
한 잔의 차를 마시고 앉았다.
오랜만에 느끼는 따뜻한 쉼
발아래 담배꽁초 누군가의 근심이
오래도록 불태워진 흔적을 물고 누웠다.
나의 근심보다 짠하게 드러누운 근심이
남은 안간힘으로 바닥을 붙들고 누워있는가 싶다.
담배꽁초 하나에 갇힌 수많은 근심들
바닥에 흩어진 근심들이 여전히
그 근심을 붙들고 있나보다
순간 나도 들킨 듯 눈가에 맺히는 이슬은 누구의 것인가?
하나의 담배꽁초에도 눈물이 맺혀 보이는데
산 사람이야 말해 무엇해.
사람이야 말해 무엇하랴.

– 「담배꽁초」 전문

시, 「담배꽁초」에서 이번 시집 표제의 제목이 나왔다. "불태워진 흔적을 물고 누웠다"라는 것은 담배를 피우고 버린 그 모습 속에서 따뜻한 삶의 온기를 품고 있다는 흐느낌을 볼 수 있다. 담배를 피우는 이는 잘 알겠지만, 처음부터 담배를 피우지 않는다. 근심과 걱정을 덜어내고 이겨내려고 피우는 것이다. 물론 개인 선호도에 따라 다른 방법도 많다. 그러나 대다수 사람들은 술과 담배를 통해 내적인 갈등을 봉합하고 치유하는 시간을 갖는다. 그 치유의 시간을 담보로 했던 담배꽁초는 다시 허공에 떠 있는 이슬을 붙잡고 운다. 시인의 마음에 이슬로 안착되는 순간이다. 한 우주의 진리를 바라보는 순간이다. 세상을 원망하고 돌아섰던 아픈 눈물을 삼켰을 것인데, 바닥에서 흩어진 근심들을 걱정하고 있다. 그렇다, 바로 그 의미심장한 마음을 바라본다는 것이 이 시의 핵심이다. 날마다 줄어들고 줄어들어 딱히 더는 손에 잡고 불태울 수 없어 버려진 담배꽁초처럼 불태울 수 없는 것이 인생이라는 시간이다. 그래서 바닥에 버려진 담배꽁초처럼 굴러다니며 누구도 품지 않을 것 같은 허공의 눈물을 품는다.

외로운 것이 외로운 처지를 안다고, 정처 없는 것이 정처 없는 길을 안다고 했다. 우리들 삶의 여울이 슬프게 흘러가는 대목이 아닐 수 없다. 「나의 근심보다 짠하게 드러누운 근심이 / 남은 안간힘으로 바닥을 붙들고 누워있는가 싶다. / 담배꽁초 하나에 갇힌 수많은 근심들 / 바닥에 흩어진 근심들이 여전히 / 그 근심을 붙들고 있나보다」 참, 아프다. 근심이 드러누워 바닥을 붙들고 누워서 또 다른 근심을 걱정해야 하는 세상이니 말이다. 배고프고 춥고 서럽게 살아 본 사람만 느낄 수 있는 마음이다. 서럽게 살아보지 않은 사람은 이런 감정을 드러낼 수가 없다. 외롭게 살아보지 않은 사람은 이 처량한 신세를 그려낼 수가 없다. 나는 그럼에도 그 처량함과 외로움이 허공을 맴돌고 있는 더 처량한 사람들의 마음을 붙잡고 있다. 이 마음이 김형효 시인의 마음이 아닌가 싶다. 세상이 아무리 변해도 변하지 않는 사람의 마음이 어떠해야 하는지를 잘 설명해 주고 있다.

그럴 일을 없게 하자.
사람을 살리는 사람들을 위해 일하자.
오늘은 또 아픈 오월의 하늘이 보인다.
우거진 신록을 뚫고 저 청정한 청춘의 눈으로 주검이 되었던 사람들,
그리움이 되어 훨훨 날아가는 새가 된 사람들,
이제는, 이제는 하고 누가 잊자고 말을 할 건가?
누가 잊으라고 말을 할 수 있단 말인가?
　　　　　　　－「멀고 먼 오월의 하늘을 생각하면서」 부분

다혜의원에는 세상에 세상에
다 있었네.
다혜의원에는 세상에 세상에
다 있었다네.
아버지도 있었고 어머니도 있었고
빛나는 삶이라고 버걱대며 헛웃음에 묻혀 사는 도시에는 없는 것
다 있었네.
　　　　　　　－「다혜의원에는 다 있었네」 부분

두 편의 시를 직시해 보면 도처에 마음의 안식을 취하고 싶은 그리움들이 가득 차 있다. 시, 「멀고 먼 오월의 하늘을 생각하면서」에서는 '이역만리 낯선 땅에서 새벽불을 밝히면 눈물이 나는가?'라는 부재를 통해서도 잘 알 수 있지만, 이역만리의 타국에서 살아가는 그리움은 어떤 약을 먹어도 낳지 않는 병이다. 그 향수병은 느끼지 않은 사람은 감당할 수 없다. 마치 고산병처럼 마음 깊은 곳에서 날마다 통증으로 다가온다. 부분만 적시해 놓고 읽어보더라도 사람을 살리기 위해 푸른 오월이 오는 것이라 했다. 그리고 시, 「다혜의원에는 다 있었네」에서도 어머니 아버지를 생각하는 그리움의 총량이 다 들어 있다. 인자하게 어머니 아버지를 보살피는 의사 선생님처럼 나를 대신해 도움을 주는 사람들에 대한 감사함을 담고 있다. 시대가 시대이니만큼 옛날처럼 집에서 연로하신 부모를 모시는 것이 어려워지고 있다. 맞벌이를 해야 하고, 아이들을 키워야 하고, 한 몸으로 몇 가지 일을 하며 살다 보니 자식들이 집안에 하루 종일 머무를 수가 없다. 그래서 어르신 돌봄을 전문으로 하는 병원에 입원을 시키며 오고 가는 과정의 일들이 빼곡하게 담겨 있다.

"우리가 백남기다." 절절한 노래를 부르듯 외치며 가네. 옹불이 되어 빨갛게 타든 가슴에 남은 불덩이 같은 마음으로 흰옷 입던 선한 사람들에 참 세상으로 함께 가네. 뜨거운 눈물로 가슴을 적시며 "내가 백남기다. 우리가 백남기다." 외치며 함께 걷네. 그렇게 함께 가네.

― 「아! 뜨거운 눈물, 백남기」 부분

백남기 선생은 민주투사이고 농민이셨다. 그의 성장 과정을 보면 박정희 정부시기에 민주화 운동을 했다고 2회나 재적을 당한다. 그리고 우리 밀 살리기 운동을 하며 농사를 지었다. 2015년 농민 시위 중 물 대포에 맞아 쓰러져 의식불명 상태가 되었는데, 서울대병원에서 사망진단서를 조작해 사회적 문제가 되었고, 숨진 후 망월동 묘역에 마지막 거처가 마련되었다. 그런 백남기 선생의 투쟁과 그의 뜻을 따르는 항쟁의 대열에 시인 또한 발걸음을 따라가고 있다. 절규해 보지 않은 사람은 절규의 부르짖음을 모른다. 투쟁해 보지 않은 사람은 왜 그렇게 투쟁을 하는지 모른다. 오는 봄이라고 다 같이 오는 봄은 아니다. 요즘 세상이 좋아졌다고 다들 말한다. 그 뒤에는 백남기, 전태일, 이한열, 등등 수많은 열사들의 숨소리가 있었기 때문에 가능했던 일이다. 열사들 뒤에는 그 열사의 함성을 끊이지 않게 함께 외친 수많은 민중이 함께하고 있다. 그 민중의 대열 또한 우리들이 함께 이어가야 할 길이다. 그런 길을 이어가기 위한 숨소리가 바로 「아! 뜨거운 눈물, 백남기」에 잘 담겨 있다.

4. 다시 굳게 외침을 다짐하자

김형효 시집 『불태워진 흔적을 물고 누웠다』의 원고를 읽으며 앞에 서두에도 말했듯이 문학적 접근은 삼가했다. 서사적 시대의 흐름을 문학적인 포장지를 덧씌워 무엇을 하겠는가 싶어서다. 그냥 읽고 고스란히 전해져오는 감정의 골만 바라보며 함께 호흡을 했을 뿐이다. 마치 내 붉은 혀의 고백 같은 말이었기 때문이다. 앞으로 우리 사회가 더 민주적이고, 더 인권을 존중해 가고, 삶의 기폭이 없는 세상을 만들고, 질병으로부터 위험을 벗어나는 세상을 만들어야 한다. 그리고 무엇보다 중요한 통일을 이루어내야 한다. 그 길을 시인은 시를 통해 이야기하고 행동을 통해 마음을 다하여 살아가리라 믿는다.

그래서 내 마지막 부탁은 다시 굳게 외침을 다짐하고자 한다. 권력의 힘으로는 세상을 변화시키지 못한다. 세상을 변화시키려면 들꽃 같은 민중의 힘이 없이는 불가능하다. 한 걸음 가다가 막히면 두 걸음 물러설지언정, 다시 또 한 걸음 진일보를 위한 마음을 다지면 되는 것이다. 그 믿음의 씨앗을 이 땅에 뿌려서 아름다운 꽃이 피도록 노력을 하면 되는 것이다. 김형효 시인은 바로 그 씨를 뿌리는 시를 쓰고 행동을 하는 시인으로 살아가시길 바란다. 그러니 더 굳건한 믿음으로 그 길을 힘차게 걸어가기를 부탁할 뿐이다. 나 또한 김형효 시인의 그런 발걸음에 힘찬 응원의 박수를 늘 보낼 것이다. 금강산 계곡에 마주 서서 푸른 솔잎이 내려주는 시원한 바람 소리를 함께 듣고 싶을 뿐이다. 뜨거운 시집 출간에 힘찬 박수를 보낸다.